Coleção dos Autores Célebres
da
LITERATURA BRASILEIRA

1. RESSURREIÇÃO — Machado de Assis
2. A MÃO E A LUVA — Machado de Assis
3. HELENA — Machado de Assis
4. IAIÁ GARCIA — Machado de Assis
5. MEMÓRIAS PÓSTUMAS DE BRÁS CUBAS — Machado de Assis
6. QUINCAS BORBA — Machado de Assis
7. DOM CASMURRO — Machado de Assis
8. ESAÚ E JACÓ — Machado de Assis
9. MEMORIAL DE AIRES — Machado de Assis
10. CONTOS FLUMINENSES — Machado de Assis
11. HISTÓRIAS DA MEIA-NOITE — Machado de Assis
12. PAPÉIS AVULSOS — Machado de Assis
13. HISTÓRIAS SEM DATA — Machado de Assis
14. VÁRIAS HISTÓRIAS — Machado de Assis
15. PÁGINAS RECOLHIDAS — Machado de Assis
16. RELÍQUIAS DE CASA VELHA — Machado de Assis
17. CASA VELHA — Machado de Assis
18. POESIAS COMPLETAS — Machado de Assis

PAPÉIS AVULSOS

Coleção dos Autores Célebres
da
LITERATURA BRASILEIRA

12.

Estabelecimento do texto e notas
ADRIANO DA GAMA KURY

Capa
CLÁUDIO MARTINS

Vinheta da capa e ilustrações
POTY

Machado de Assis

Papéis Avulsos

Edição feita de acordo com a 1ª e anotada pelo Prof.
ADRIANO DA GAMA KURY

LIVRARIA GARNIER

118, Rua Benjamim Constant, 118
RIO DE JANEIRO

53, Rua São Geraldo, 53
BELO HORIZONTE

Impresso no Brasil
Printed in Brazil

LIVRARIA GARNIER
Rua Benjamin Constant, 118
20241-150- Rio de Janeiro, RJ - Tel.: 252-8327
Rua São Geraldo, 53
30150-070 - Belo Horizonte, MG - Tel.: 212-4600 - Fax: 224-5151

1988-1991

Presidente
Pedro Paulo Moreira
Conselheiros
Adriano da Gama Kury
† Américo Jacobina Lacombe
Antônio Brito da Cunha
Antonio Candido de Mello e Sousa
Antonio Paim
Ascendino Leite
† Francisco Assis Barbosa
Francisco Iglésias
Gilka Weber
Homero Senna
† José de Barros Martins
Maria da Conceição de M. Coutinho
Beltrão
Miguel Reale
Plínio Doyle
Wilton Cardoso

1992-1995

Presidente
Pedro Paulo Moreira
Conselheiros
Adriano da Gama Kury
Antonio Brito da Cunha
Antonio Candido de Melo e Souza
Antonio Paim
Ascendino Leite
Francisco Iglésias
João Etienne Arreguy Filho
Gilda de Mello e Souza
Hênio Tavares
Homero Senna
Letícia Mallard
Melânia Silva de Aguiar
Miguel Reale
Ruth Silviano Brandão
Wilton Cardoso

ÍNDICE

SOBRE ESTA EDIÇÃO

Papéis Avulsos teve apenas uma edição em vida do Autor, publicada em 1882, em cuja folha de rosto se lê: "MACHADO DE ASSIS / PAPÉIS AVULSOS / O alienista — Theoria do medalhao [sic] / A chinela turca / Na arca — D. Benedicta — O segredo do bonzo / O anel de Polycrates / O emprestimo — A serenissima republica / O espelho / Uma visita de Alcibiades — Verba testamentaria / [vinheta] / Rio de Janeiro / Typographia e Lithographia a vapor, Encadernação e Livraria / LOMBAERTS & C. / 7 — Rua dos Ourives — 7 / 1882". Na última página ímpar, não numerada, existe uma pequena errata de quatro itens.

Serviu-me essa edição, obviamente, de texto-base.

Como M. de A. vendeu os direitos de suas obras ao editor Garnier, o livro só vai reaparecer, postumamente, com o selo dessa casa, em 1920, numa 2ª edição extremamente desleixada, a ponto de não corrigir duas das emendas da Errata, e recheada de erros. Baste dizer que a própria "Advertência" do Autor passa a "Prefácio"; o índice do final, entretanto, traz "Advertência", e continua indicando as páginas da edição Lombaerts! Não merece, portanto, qualquer atenção.

O estabelecimento do texto obedece às normas que figuram no *Quincas Borba.*

*

Todos os contos foram publicados anteriormente em periódicos diversos, de novembro de 1875 a outubro de 1882, e alguns deles sofreram modificações consideráveis, como é o caso de "Uma visita de Alcibíades", de que o próprio M. de A. declara (V. nota F, no final) só ter aproveitado a idéia. Consultei essas publicações, quando disponíveis na Biblioteca Nacional, para tentar resolver algumas dúvidas.

Está ainda por fazer uma edição crítica que aponte as variantes da redação primitiva.

*

Na linha de evolução literária de M. de A., *Papéis Avulsos* representa, para o conto, o mesmo que *Memórias Póstumas de Brás Cubas* para o romance.

Estudando a importância de *PA* na obra machadiana, observa Josué Montello (*Caminho da Fonte*, p. 283):

> É interessante assinalar que, no seu primeiro grande livro de contos, Machado de Assis, mais raciocínio que sentimento, não parece viver com as suas personagens, no sentido de comungar-lhes dos pequenos dramas secretos que o seu olhar agudo esmiuçou. O que faz o narrador é testemunhar-lhes os tormentos, com uma curiosidade divertida e mórbida, raramente convertida em adesão ou solidariedade comunicativa.

PEQUENA BIBLIOGRAFIA

É essencial para o estudo da evolução do conto machadiano o livro *Machado de Assis*, publicado pela Editora Ática, em 1982, na Coleção Escritores Brasileiros — Antologia e Estudos, organizado por Alfredo Bosi, José Carlos Garbuglio, Mario Curvello e Valentim Facioli.

Valentim Facioli escreveu para essa coletânea alentado ensaio, em trinta capítulos, "Várias histórias para um homem célebre (Biografia intelectual)". Em diversas ocasiões tece comentários pertinentes sobre os contos, especialmente os da segunda fase.

Transcrevem-se aí, também, os debates de uma proveitosa Mesa-Redonda, em que se expuseram idéias, se levantaram problemas e surgiram propostas. Dela participaram, além dos organizadores, Antonio Callado, Luiz Roncari, Roberto Schwarz e Sonia Brayner; aí ocorrem numerosas referências aos contos de *Papéis Avulsos.*

Reproduzem-se no volume — além de quatro dos contos desse livro — textos clássicos sobre Machado de Assis da autoria de Alcides Maia, Lúcia Miguel Pereira, Mário Matos, Barreto Filho, Augusto Meyer, Brito Broca, Eugênio Gomes, Astrogildo Pereira; e outros de Jean-Michel Massa, Dirce Cortes Riedel, Roberto Schwarz, Raymundo Faoro, Sonia Brayner, Bosi, Curvello e Garbuglio, nos quais surgem comentários sobre os contos.

Segue-se uma Bibliografia comentada, com apreciação crítica de Bosi, Garbuglio, Facioli e Curvello.

Além desta excelente obra recomendam-se:

AGUIAR, FLÁVIO. "Murmúrios no Espelho: Breve discussão do conto machadiano". In *Contos.* 11. ed., São Paulo, Ática, 1985.

BARBOSA, FRANCISCO DE ASSIS. "Prefácio". In *Machado de Assis, Contos,* 2. ed., São Paulo, Melhoramentos, 1970.

MEYER, AUGUSTO. "Introdução Geral". In *Antologia Machadiana.* Rio de Janeiro, Lia, s.d.

MOISÉS, MASSAUD. "Nota Preliminar". In *Machado de Assis, Contos,* São Paulo, Cultrix, 1961.

MONTELLO, JOSUÉ. *Machado de Assis,* Lisboa, Verbo, 1972.

————. *Caminho da Fonte,* Rio de Janeiro, INL, 1959.

ADRIANO DA GAMA KURY

NOTA:

O preparo desta edição foi facilitado graças à colaboração de Plínio Doyle, que possibilitou o acesso à sua Machadiana.

ADVERTÊNCIA

Este título de *Papéis avulsos* parece negar ao livro uma certa unidade; faz crer que o autor coligiu vários escritos de ordem diversa para o fim de os não perder. A verdade é essa, sem ser bem essa. Avulsos são eles, mas não vieram para aqui como passageiros, que acertam de entrar na mesma hospedaria. São pessoas de uma só família, que a obrigação do pai fez sentar à mesma mesa.

Quanto ao gênero deles, não sei que diga que não seja inútil. O livro está nas mãos do leitor. Direi somente, que se há aqui páginas que parecem meros contos, e outras que o não são, defendo-me das segundas com dizer que os leitores das outras podem achar nelas algum interesse, e das primeiras defendo-me com S. João e Diderot. O evangelista, descrevendo a famosa besta apocalíptica, acrescentava (XVII, 9): "E aqui há sentido, que tem sabedoria." Menos a sabedoria, cubro-me com aquela palavra. Quanto a Diderot, ninguém ignora que ele, não só escrevia contos, e alguns deliciosos, mas até aconselhava a um amigo que os escrevesse também. E eis a razão do enciclopedista: é que quando se faz um conto, o espírito fica alegre, o tempo escoa-se, e o conto da vida acaba, sem a gente dar por isso.

Deste modo, venha donde vier o reproche(*), espero que daí mesmo virá a absolvição.

MACHADO DE ASSIS.

Outubro de 1882.

(*) Veja Nota no fim.

O ALIENISTA

I

De como Itaguaí ganhou uma casa de Orates.

As crônicas da vila de Itaguaí dizem que em tempos remotos vivera ali um certo médico, o Dr. Simão Bacamarte, filho da nobreza da terra e o maior dos médicos do Brasil, de Portugal e das Espanhas. Estudara em Coimbra e Pádua. Aos trinta e quatro anos regressou ao Brasil, não podendo el-rei alcançar dele que ficasse em Coimbra, regendo a universidade, ou em Lisboa, expedindo os negócios da monarquia.

— A ciência, disse ele a Sua Majestade, é o meu emprego único; Itaguaí é o meu universo.

Dito isto, meteu-se em Itaguaí, e entregou-se de corpo e alma ao estudo da ciência, alternando as curas com as leituras, e demonstrando os teoremas com cataplasmas. Aos quarenta anos casou com D. Evarista da Costa e Mascarenhas, senhora de vinte e cinco anos, viúva de um juiz de fora, e não bonita nem simpática. Um dos tios dele, caçador de pacas perante o Eterno, e não menos franco, admirou-se de semelhante escolha e disse-lho. Simão Bacamarte explicou-lhe que D. Evarista reunia condições fisiológicas e anatômicas de primeira ordem, digeria com facilidade, dormia regularmente. tinha bom pulso, e excelente vista; estava assim apta para dar-lhe filhos robustos, sãos e inteligentes. Se além dessas prendas, — únicas dignas da preocupação de um sábio, D. Evarista era mal composta de feições, longe de lastimá-lo, agradecia-o a Deus, porquanto não corria o risco de preterir os interesses da ciência na contemplação exclusiva, miúda e vulgar da consorte.

D. Evarista mentiu às esperanças do Dr. Bacamarte, não lhe deu filhos robustos nem mofinos. A índole natural da ciência é a longanimidade; o nosso médico esperou três anos, depois quatro, depois cinco. Ao cabo desse tempo fez um estudo profundo da matéria, releu todos os escritores árabes e outros, que trouxera para Itaguaí, enviou consultas às universidades italianas e alemãs, e acabou por aconselhar à mulher um regímen alimentício especial. A ilustre dama, nutrida exclusivamente com a bela carne de porco de Itaguaí, não atendeu às admoestações do esposo; e à sua resistência, — explicável, mas inqualificável, — devemos a total extinção da dinastia dos Bacamartes.

Mas a ciência tem o inefável dom de curar todas as mágoas; o nosso médico mergulhou inteiramente no estudo e na prática da medicina. Foi então que um dos recantos desta lhe chamou especialmente a atenção, — o recanto psíquico, o exame da patologia cerebral. Não havia na colônia, e ainda no reino, uma só autoridade em semelhante matéria, mal explorada, ou quase inexplorada. Simão Bacamarte compreendeu que a ciência lusitana, e particularmente a brasileira, podia cobrir-se de "louros imarcescíveis", — expressão usada por ele mesmo, mas em um arroubo de intimidade doméstica; exteriormente era modesto, segundo convém aos sabedores.

— A saúde da alma, bradou ele, é a ocupação mais digna do médico.

— Do verdadeiro médico, emendou Crispim Soares, boticário da vila, e um dos seus amigos e comensais.

A vereança de Itaguaí, entre outros pecados de que é argüida pelos cronistas, tinha o de não fazer caso dos dementes. Assim é que cada louco furioso era trancado em uma alcova, na própria casa, e, não curado, mas descurado, até que a morte o vinha defraudar do benefício da vida; os mansos andavam à solta pela rua. Simão Bacamarte entendeu desde logo reformar tão ruim costume; pediu licença à câmara para agasalhar e tratar no edifício que ia construir todos os loucos de Itaguaí e das demais vilas e cidades, mediante um estipên-

Os mansos andavam à solta pela rua.

dio, que a câmara lhe daria quando a família do enfermo o não pudesse fazer. A proposta excitou a curiosidade de toda a vila, e encontrou grande resistência, tão certo é que dificilmente se desarraigam hábitos absurdos, ou ainda maus. A idéia de meter os loucos na mesma casa, vivendo em comum, pareceu em si mesma um sintoma de demência, e não faltou quem o insinuasse à própria mulher do médico.

— Olhe, D. Evarista, disse-lhe o padre Lopes, vigário do lugar, veja se seu marido dá um passeio ao Rio de Janeiro. Isso de estudar sempre, sempre, não é bom, vira o juízo.

D. Evarista ficou aterrada, foi ter com o marido, disse-lhe "que estava com desejos", um principalmente, o de vir ao Rio de Janeiro e comer tudo o que a ele lhe parecesse adequado a certo fim. Mas aquele grande homem, com a rara sagacidade que o distinguia, penetrou a intenção da esposa e redargüiu-lhe sorrindo que não tivesse medo. Dali foi à câmara, onde os vereadores debatiam a proposta, e defendeu-a com tanta eloqüência, que a maioria resolveu autorizá-lo ao que pedira, votando ao mesmo tempo um imposto destinado a subsidiar o tratamento, alojamento e mantimento dos doudos pobres. A matéria do imposto não foi fácil achá-la; tudo estava tributado em Itaguaí. Depois de longos estudos, assentou-se em permitir o uso de dous [1] penachos nos cavalos dos enterros. Quem quisesse emplumar os cavalos de um coche mortuário pagaria dois [1] tostões à câmara, repetindo-se tantas vezes esta quantia quantas fossem as horas decorridas entre a do falecimento e a da última bênção na sepultura. O escrivão perdeu-se nos cálculos aritméticos do rendimento possível da nova taxa; e um dos vereadores, que não acreditava na empresa do médico, pediu que se relevasse o escrivão de um trabalho inútil.

— Os cálculos não são precisos, disse ele, porque o Dr. Bacamarte não arranja nada. Quem é que viu agora meter todos os doudos dentro da mesma casa?

Enganava-se o digno magistrado; o médico arranjou tudo. Uma vez empossado da licença começou logo a construir a

[1] Observe-se a hesitação de M. de Assis, ora escrevendo *dous* (grafia mais freqüente), ora *dois,* forma que vai amiudar-se em livros posteriores.

casa. Era na Rua Nova, a mais bela rua de Itaguaí naquele tempo, tinha cinqüenta janelas por lado, um pátio no centro, e numerosos cubículos para os hóspedes. Como fosse grande arabista, achou no Corão que Maomé declara veneráveis os doudos, pela consideração de que Alá lhes tira o juízo para que não pequem. A idéia pareceu-lhe bonita e profunda, e ele a fez gravar no frontispício da casa; mas, como tinha medo ao vigário, e por tabela ao bispo, atribuiu o pensamento a Benedito VIII, merecendo com essa fraude, aliás pia, que o padre Lopes lhe contasse, ao almoço, a vida daquele pontífice eminente.

A Casa Verde foi o nome dado ao asilo, por alusão à cor das janelas, que pela primeira vez apareciam verdes em Itaguaí. Inaugurou-se com imensa pompa; de todas as vilas e povoações próximas, e até remotas, e da própria cidade do Rio de Janeiro, correu gente para assistir às cerimônias, que duraram sete dias. Muitos dementes já estavam recolhidos; e os parentes tiveram ocasião de ver o carinho paternal e a caridade cristã com que eles iam ser tratados. D. Evarista, contentíssima com a glória do marido, vestira-se luxuosamente, cobriu-se de jóias, flores e sedas. Ela foi uma verdadeira rainha naqueles dias memoráveis; ninguém deixou de ir visitá-la duas e três vezes, apesar dos costumes caseiros e recatados do século, e não só a cortejavam como a louvavam; porquanto, — e este fato é um documento altamente honroso para a sociedade do tempo, — porquanto viam nela a feliz esposa de um alto espírito, de um varão ilustre, e, se lhe tinham inveja, era a santa e nobre inveja dos admiradores.

Ao cabo de sete dias expiraram as festas públicas; Itaguaí tinha finalmente uma casa de Orates.

II

Torrente de loucos.

Três dias depois, numa expansão íntima com o boticário Crispim Soares, desvendou o alienista o mistério do seu coração.

— A caridade, Sr. Soares, entra decerto no meu procedimento, mas entra como tempero, como o sal das cousas, que é assim que interpreto o dito de S. Paulo aos coríntios: "Se eu conhecer quanto se pode saber, e não tiver caridade, não sou nada." O principal nesta minha obra da Casa Verde é estudar profundamente a loucura, os seus diversos graus, classificar-lhe os casos, descobrir enfim a causa do fenômeno e o remédio universal. Este é o mistério do meu coração. Creio que com isto presto um bom serviço à humanidade.

— Um excelente serviço, corrigiu o boticário.

— Sem este asilo, continuou o alienista, pouco poderia fazer; ele dá-me, porém, muito maior campo aos meus estudos.

— Muito maior, acrescentou o outro.

E tinham razão. De todas as vilas e arraiais vizinhos afluíam loucos à Casa Verde. Eram furiosos, eram mansos, eram monomaníacos, era toda a família dos deserdados do espírito. Ao cabo de quatro meses, a Casa Verde era uma povoação. Não bastaram os primeiros cubículos; mandou-se anexar uma galeria de mais trinta e sete. O padre Lopes confessou que não imaginara a existência de tantos doudos no mundo, e menos ainda o inexplicável de alguns casos. Um, por exemplo, um rapaz bronco e vilão, que todos os dias, depois do almoço, fazia regularmente um discurso acadêmico, ornado de tropos, de antíteses, de apóstrofes, com seus recamos de grego e latim, e suas borlas de Cícero, Apuleio e Tertuliano. O vigário não queria acabar de crer. Quê! um rapaz que ele vira, três meses antes, jogando peteca na rua!

— Não digo que não, respondia-lhe o alienista; mas a verdade é o que Vossa Reverendíssima está vendo. Isto é todos os dias.

— Quanto a mim, tornou o vigário, só se pode explicar pela confusão das línguas na torre de Babel, segundo nos conta a Escritura; provavelmente, confundidas antigamente as línguas, é fácil trocá-las agora, desde que a razão não trabalhe...

— Essa pode ser, com efeito, a explicação divina do fenômeno, concordou o alienista, depois de refletir um instante, mas não é impossível que haja também alguma razão humana, e puramente científica, e disso trato...

— Vá que seja, e fico ansioso. Realmente!

Os loucos por amor eram três ou quatro, mas só dous espantavam pelo curioso do delírio. O primeiro, um Falcão, rapaz de vinte e cinco anos, supunha-se estrela-d'alva, abria os braços e alargava as pernas, para dar-lhes certa feição de raios, e ficava assim horas esquecidas a perguntar se o sol já tinha saído para ele recolher-se. O outro andava sempre, sempre, sempre, à roda das salas ou do pátio, ao longo dos corredores, à procura do fim do mundo. Era um desgraçado, a quem a mulher deixou por seguir um peralvilho. Mal descobrira a fuga, armou-se de uma garrucha, e saiu-lhes no encalço; achou-os duas horas depois, ao pé de uma lagoa, matou-os a ambos com os maiores requintes de crueldade. O ciúme satisfez-se, mas o vingado estava louco. E então começou aquela ânsia de ir ao fim do mundo à cata dos fugitivos.

A mania das grandezas tinha exemplares notáveis. O mais notável era um pobre-diabo, filho de um algibebe, que narrava às paredes (porque não olhava nunca para nenhuma pessoa) toda a sua genealogia, que era esta:

— Deus engendrou um ovo, o ovo engendrou a espada, a espada engendrou Davi, Davi engendrou a púrpura, a púrpura engendrou o duque, o duque engendrou o marquês, o marquês engendrou o conde, que sou eu.

Dava uma pancada na testa, um estalo com os dedos, e repetia cinco, seis vezes seguidas:

— Deus engendrou um ovo, o ovo, etc.

Outro da mesma espécie era um escrivão, que se vendia por mordomo do rei; outro era um boiadeiro de Minas, cuja mania era distribuir boiadas a toda a gente, dava trezentas cabeças a um, seiscentas a outro, mil e duzentas a outro, e não acabava mais. Não falo dos casos de monomania religiosa; apenas citarei um sujeito que, chamando-se João de Deus, dizia agora ser o deus João, e prometia o reino dos céus a quem o adorasse, e as penas do inferno aos outros; e depois desse, o licenciado Garcia, que não dizia nada, porque imaginava que no dia em que chegasse a proferir uma só palavra, todas as estrelas se despegariam do céu e abrasariam a terra; tal era o poder que recebera de Deus. Assim o escrevia ele

Deus engendrou um oro, o oro, etc.

no papel que o alienista lhe mandava dar, menos por caridade do que por interesse científico.

Que, na verdade, a paciência do alienista era ainda mais extraordinária do que todas as manias hospedadas na Casa Verde; nada menos que assombrosa. Simão Bacamarte começou por organizar um pessoal de administração; e, aceitando essa idéia ao boticário Crispim Soares, aceitou-lhe também dous sobrinhos, a quem incumbiu da execução de um regimento que lhes deu, aprovado pela câmara, da distribuição da comida e da roupa, e assim também da escrita, etc. Era o melhor que podia fazer, para somente cuidar do seu ofício. — A Casa Verde, disse ele ao vigário, é agora uma espécie de mundo, em que há o governo temporal e o governo *espiritual.* E o padre Lopes ria deste pio trocado, — e acrescentava, — com o único fim de dizer também uma chalaça: — Deixe estar, deixe estar, que hei de mandá-lo denunciar ao papa.

Uma vez desonerado da administração, o alienista procedeu a uma vasta classificação dos seus enfermos. Dividiu-os primeiramente em duas classes principais: os furiosos e os mansos; daí passou às subclasses, monomanias, delírios, alucinações diversas. Isto feito, começou um estudo aturado e contínuo; analisava os hábitos de cada louco, as horas de acesso, as aversões, as simpatias, as palavras, os gestos, as tendências; inquiria da vida dos enfermos, profissão, costumes, circunstâncias da revelação mórbida, acidentes da infância e da mocidade, doenças de outra espécie, antecedentes na família, uma devassa, enfim, como a não faria o mais atilado corregedor. E cada dia notava uma observação nova, uma descoberta interessante, um fenômeno extraordinário. Ao mesmo tempo estudava o melhor regímen, as substâncias medicamentosas, os meios curativos e os meios paliativos, não só os que vinham nos seus amados árabes, como os que ele mesmo descobria, à força de sagacidade e paciência. Ora, todo esse trabalho levava-lhe o melhor e o mais do tempo. Mal dormia e mal comia; e, ainda comendo, era como se trabalhasse, porque ora interrogava um texto antigo, ora ruminava uma questão, e ia muitas vezes de um cabo a outro do jantar sem dizer uma só palavra a D. Evarista.

III

Deus sabe o que faz!

A ilustre dama, no fim de dous meses, achou-se a mais desgraçada das mulheres; caiu em profunda melancolia, ficou amarela, magra, comia pouco e suspirava a cada canto. Não ousava fazer-lhe nenhuma queixa ou reproche, porque respeitava nele o seu marido e senhor, mas padecia calada, e definhava a olhos vistos. Um dia, ao jantar, como lhe perguntasse o marido o que é que tinha, respondeu tristemente que nada; depois atreveu-se um pouco, e foi ao ponto de dizer que se considerava tão viúva como dantes. E acrescentou:

— Quem diria nunca que meia dúzia de lunáticos...

Não acabou a frase; ou antes, acabou-a levantando os olhos ao teto, — os olhos, que eram a sua feição mais insinuante, — negros, grandes, lavados de uma luz úmida, como os da aurora. Quanto ao gesto, era o mesmo que empregara no dia em que Simão Bacamarte a pediu em casamento. Não dizem as crônicas se D. Evarista brandiu aquela arma com o perverso intuito de degolar de uma vez a ciência, ou, pelo menos, decepar-lhe as mãos; mas a conjectura é verossímil. Em todo caso, o alienista não lhe atribuiu outra intenção. E não se irritou o grande homem, não ficou sequer consternado. O metal de seus olhos não deixou de ser o mesmo metal, duro, liso, eterno, nem a menor prega veio quebrar a superfície da fronte quieta como a água de Botafogo. Talvez um sorriso lhe descerrou os lábios, por entre os quais filtrou esta palavra macia como o óleo do *Cântico*:

— Consinto que vás dar um passeio ao Rio de Janeiro.

D. Evarista sentiu faltar-lhe o chão debaixo dos pés. Nunca dos nuncas vira o Rio de Janeiro, que posto não fosse sequer uma pálida sombra do que hoje é, todavia era alguma cousa mais do que Itaguaí. Ver o Rio de Janeiro, para ela, equivalia ao sonho do hebreu cativo. Agora, principalmente, que o marido assentara de vez naquela povoação interior, agora é que ela perdera as últimas esperanças de respirar os ares da nossa boa cidade; e justamente agora é que ele a convidava

Não falo dos casos de monomania religiosa.

a realizar os seus desejos de menina e moça. D. Evarista não pôde dissimular o gosto de semelhante proposta. Simão Bacamarte pegou-lhe na mão e sorriu, — um sorriso tanto ou quanto filosófico, além de conjugal, em que parecia traduzir-se este pensamento: — "Não há remédio certo para as dores da alma; esta senhora definha, porque lhe parece que a não amo; dou-lhe o Rio de Janeiro, e consola-se." E porque era homem estudioso tomou nota da observação.

Mas um dardo atravessou o coração de D. Evarista. Conteve-se, entretanto; limitou-se a dizer ao marido, que, se ele não ia, ela não iria também, porque não havia de meter-se sozinha pelas estradas.

— Irá com sua tia, redargüiu o alienista.

Note-se que D. Evarista tinha pensado nisso mesmo; mas não quisera pedi-lo nem insinuá-lo, em primeiro lugar porque seria impor grandes despesas ao marido, em segundo lugar porque era melhor, mais metódico e racional que a proposta viesse dele.

— Oh! mas o dinheiro que será preciso gastar! suspirou D. Evarista sem convicção.

— Que importa? Temos ganho muito, disse o marido. Ainda ontem o escriturário prestou-me contas. Queres ver?

E levou-a aos livros. D. Evarista ficou deslumbrada. Era uma via-láctea de algarismos. E depois levou-a às arcas, onde estava o dinheiro. Deus! eram montes de ouro, eram mil cruzados sobre mil cruzados, dobrões sobre dobrões; era a opulência. Enquanto ela comia o ouro como os seus olhos negros, o alienista fitava-a, e dizia-lhe ao ouvido com a mais pérfida das alusões:

— Quem diria que meia dúzia de lunáticos. . .

D. Evarista compreendeu, sorriu e respondeu com muita resignação:

— Deus sabe o que faz!

Três meses depois efetuava-se a jornada. D. Evarista, a tia, a mulher do boticário, um sobrinho deste, um padre que o alienista conhecera em Lisboa, e que de aventura achava-se em Itaguaí, cinco ou seis pajens, quatro mucamas, tal foi a comitiva que a população viu dali sair em certa manhã do mês de maio. As despedidas foram tristes para todos, menos para o alienista. Conquanto as lágrimas de D. Evarista fossem abundantes e sinceras, não chegaram a abalá-lo. Homem de ciência, e só de ciência, nada o consternava fora da ciência; e se alguma cousa o preocupava naquela ocasião, se ele deixava correr pela multidão um olhar inquieto e policial, não era outra cousa mais do que a idéia de que algum demente podia achar-se ali misturado com a gente de juízo.

— Adeus! soluçaram enfim as damas e o boticário.

E partiu a comitiva. Crispim Soares, ao tornar a casa, trazia os olhos entre as duas orelhas da besta ruana em que vinha montado; Simão Bacamarte alongava os seus pelo horizonte adiante, deixando ao cavalo a responsabilidade do regresso. Imagem vivaz do gênio e do vulgo! Um fita o presente, com todas as suas lágrimas e saudades, outro devassa o futuro com todas as suas auroras.

IV

Uma teoria nova.

Ao passo que D. Evarista, em lágrimas, vinha buscando o Rio de Janeiro, Simão Bacamarte estudava por todos os lados uma certa idéia arrojada e nova, própria a alargar as bases da psicologia. Todo o tempo que lhe sobrava dos cuidados da Casa Verde, era pouco para andar na rua, ou de casa em casa, conversando as gentes, sobre trinta mil assuntos, e virgulando as falas de um olhar que metia medo aos mais heróicos.

Um dia de manhã, — eram passadas três semanas, — estando Crispim Soares ocupado em temperar um medicamento, vieram dizer-lhe que o alienista o mandava chamar.

— Trata-se de negócio importante, segundo ele me disse, acrescentou o portador.

Crispim empalideceu. Que negócio importante podia ser, senão alguma triste notícia da comitiva, e especialmente da mulher? Porque este tópico deve ficar claramente definido, visto insistirem nele os cronistas: Crispim amava a mulher, e, desde trinta anos, nunca estiveram separados um só dia. Assim se explicam os monólogos que ele fazia agora, e que os fâmulos lhe ouviam muita vez: — "Anda, bem feito, quem te mandou consentir na viagem de Cesária? Bajulador, torpe bajulador! Só para adular ao Dr. Bacamarte. Pois agora agüenta-te; anda, agüenta-te, alma de lacaio, fracalhão, vil, miserável. Dizes *amen* a tudo, não é? aí tens o lucro, biltre!". — E muitos outros nomes feios, que um homem não deve dizer aos outros, quanto mais a si mesmo. Daqui a imaginar o efeito do recado é um nada. Tão depressa ele o recebeu como abriu mão das drogas e voou à Casa Verde.

Simão Bacamarte recebeu-o com a alegria própria de um sábio, uma alegria abotoada de circunspecção até o pescoço.

— Estou muito contente, disse ele.

— Notícias do nosso povo? perguntou o boticário com a voz trêmula.

O alienista fez um gesto magnífico, e respondeu:

— Trata-se de cousa mais alta, trata-se de uma experiência científica. Digo experiência, porque não me atrevo a assegurar desde já a minha idéia; nem a ciência é outra cousa, Sr. Soares, senão uma investigação constante. Trata-se, pois, de uma experiência, mas uma experiência que vai mudar a face da terra. A loucura, objeto dos meus estudos, era até agora uma ilha perdida no oceano da razão; começo a suspeitar que é um continente.

Disse isto, e calou-se, para ruminar o pasmo do boticário. Depois explicou compridamente a sua idéia. No conceito dele a insânia abrangia uma vasta superfície de cérebros; e desenvolveu isto com grande cópia de raciocínios, de textos, de exemplos. Os exemplos achou-os na história e em Itaguaí; mas, como um raro espírito que era, reconheceu o perigo de citar todos os casos de Itaguaí, e refugiou-se na história. Assim, apontou com especialidade alguns personagens célebres, Sócrates, que tinha um demônio familiar, Pascal, que via um abismo à esquerda, Maomé, Caracala, Domiciano, Calígula, etc., uma enfiada de casos e pessoas, em que de mistura vinham entidades odiosas, e entidades ridículas. E porque o boticário se admirasse de uma tal promiscuidade, o alienista disse-lhe que era tudo a mesma cousa, e até acrescentou sentenciosamente:

— A ferocidade, Sr. Soares, é o grotesco a sério.

— Gracioso, muito gracioso! exclamou Crispim Soares levantando as mãos ao céu.

Quanto à idéia de ampliar o território da loucura, achou-a o boticário extravagante; mas a modéstia, principal adorno de seu espírito, não lhe sofreu confessar outra cousa além de um nobre entusiasmo; declarou-a sublime e verdadeira, e acrescentou que era "caso de matraca". Esta expressão não tem equivalente no estilo moderno. Naquele tempo, Itaguaí, que como as demais vilas, arraiais e povoações da colônia, não dispunha de imprensa, tinha dous modos de divulgar uma notícia: ou por meio de cartazes manuscritos e pregados na porta da câmara e da matriz; — ou por meio de matraca. Eis em que consistia este segundo uso. Contratava-se um homem, por um ou mais dias, para andar as ruas do povoado, com uma matraca na mão. De quando em quando tocava a matraca, reunia-se gente, e ele anunciava o que lhe incumbiam, — um remédio para sezões, umas terras lavradias, um soneto, um donativo eclesiástico, a melhor tesoura da vila, o mais belo discurso do ano, etc. O sistema tinha inconvenientes para a paz pública; mas era conservado pela grande energia de divulgação que possuía. Por exemplo, um dos vereadores, — aquele justamente que mais se opusera à criação da Casa Verde, — desfrutava a reputação de perfeito educador de cobras e macacos, e aliás nunca domesticara um só desses bichos; mas, tinha o cuidado de fazer trabalhar a matraca todos os meses. E dizem as crônicas que algumas pessoas afirmavam ter visto cascavéis dançando no peito do vereador; afirmação perfeitamente falsa, mas só devida à absoluta confiança no sistema. Verdade, verdade; nem todas as instituições do antigo regímen, mereciam o desprezo do nosso século.

— Há melhor do que anunciar a minha idéia, é praticá-la, respondeu o alienista à insinuação do boticário.

E o boticário, não divergindo sensivelmente deste modo de ver, disse-lhe que sim, que era melhor começar pela execução.

— Sempre haverá tempo de a dar à matraca, concluiu ele.

De quando em quando tocava a matraca...

Simão Bacamarte refletiu ainda um instante, e disse:

— Supondo o espírito humano uma vasta concha, o meu fim, Sr. Soares, é ver se posso extrair a pérola, que é a razão; por outros termos, demarquemos definitivamente os limites da razão e da loucura. A razão é o perfeito equilíbrio de todas as faculdades; fora daí insânia, insânia, e só insânia.

O vigário Lopes, a quem ele confiou a nova teoria, declarou lisamente que não chegava a entendê-la, que era uma obra absurda, e, se não era absurda, era de tal modo colossal que não merecia princípio de execução.

— Com a definição atual, que é a de todos os tempos, acrescentou, a loucura e a razão estão perfeitamente delimitadas. Sabe-se onde uma acaba e onde a outra começa. Para que transpor a cerca?

Sobre o lábio fino e discreto do alienista roçou a vaga sombra de uma intenção de riso, em que o desdém vinha casado à comiseração; mas nenhuma palavra saiu de suas egrégias entranhas. A ciência contentou-se em estender a mão à teologia, — com tal segurança, que a teologia não soube enfim se devia crer em si ou na outra. Itaguaí e o universo ficavam à beira de uma revolução.

V

O terror

Quatro dias depois, a população de Itaguaí ouviu consternada a notícia de que um certo Costa fora recolhido à Casa Verde.

— Impossível!

— Qual impossível! foi recolhido hoje de manhã.

— Mas, na verdade, ele não merecia... Ainda em cima! depois de tanto que ele fez...

Costa era um dos cidadãos mais estimados de Itaguaí. Herdara quatrocentos mil cruzados em boa moeda de el-rei Dom João V, dinheiro cuja renda bastava, segundo lhe declarou o tio no testamento, para viver "até o fim do mundo".

Tão depressa recolheu a herança, como entrou a dividi-la em empréstimos, sem usura, mil cruzados a um, dous mil a outro, trezentos a este, oitocentos àquele, a tal ponto que, no fim de cinco anos, estava sem nada. Se a miséria viesse de chofre, o pasmo de Itaguaí seria enorme; mas veio devagar; ele foi passando da opulência à abastança, da abastança à mediania, da mediania à pobreza, da pobreza à miséria, gradualmente. Ao cabo daqueles cinco anos, pessoas que levavam o chapéu ao chão, logo que ele assomava no fim da rua, agora batiam-lhe no ombro, com intimidade, davam-lhe piparotes no nariz, diziam-lhe pulhas. E o Costa sempre lhano, risonho. Nem se lhe dava de ver que os menos corteses eram justamente os que tinham ainda a dívida em aberto; ao contrário, parece que os agasalhava com maior prazer, e mais sublime resignação. Um dia, como um desses incuráveis devedores lhe atirasse uma chalaça grossa, e ele se risse dela, observou um desafeiçoado, com certa perfídia: — "Você suporta esse sujeito para ver se ele lhe paga." Costa não se deteve um minuto, foi ao devedor e perdoou-lhe a dívida. — "Não admira, retorquiu o outro; o Costa abriu mão de uma estrela, que está no céu." Costa era perspicaz, entendeu que ele negava todo o merecimento ao ato, atribuindo-lhe a intenção de rejeitar o que não vinham meter-lhe na algibeira. Era também pundonoroso e inventivo; duas horas depois achou um meio de provar que lhe não cabia um tal labéu: pegou de algumas dobras, e mandou-as de empréstimo ao devedor.

— Agora espero que... — pensou ele sem concluir a frase.

Esse último rasgo do Costa persuadiu a crédulos e incrédulos; ninguém mais pôs em dúvida os sentimentos cavalheirescos daquele digno cidadão. As necessidades mais acanhadas saíram à rua, vieram bater-lhe à porta, com os seus chinelos velhos, com as suas capas remendadas. Um verme, entretanto, roía a alma do Costa: era o conceito do desafeto. Mas isso mesmo acabou; três meses depois veio este pedir-lhe uns cento e vinte cruzados com promessa de restituir-lhos daí a dous dias; era o resíduo da grande herança, mas era também uma nobre desforra: Costa emprestou o dinheiro logo, logo, e sem juros.

Infelizmente não teve tempo de ser pago; cinco meses depois era recolhido à Casa Verde.

Imagina-se a consternação de Itaguaí, quando soube do caso. Não se falou em outra cousa, dizia-se que o Costa ensandecera, ao almoço, outros que de madrugada; e contavam-se os acessos, que eram furiosos, sombrios, terríveis, — ou mansos, e até engraçados, conforme as versões. Muita gente correu à Casa Verde, e achou o pobre Costa, tranqüilo, um pouco espantado, falando com muita clareza, e perguntando por que motivo o tinham levado para ali. Alguns foram ter com o alienista. Bacamarte aprovava esses sentimentos de estima e compaixão, mas acrescentava que a ciência era a ciência, que ele não podia deixar na rua um mentecapto. A última pessoa que intercedeu por ele (porque depois do que vou contar ninguém mais se atreveu a procurar o terrível médico) foi uma pobre senhora, prima do Costa. O alienista disse-lhe confidencialmente que esse digno homem não estava no perfeito equilíbrio das faculdades mentais, à vista do modo como dissipara os cabedais que...

— Isso, não! isso não! interrompeu a boa senhora com energia. Se ele gastou tão depressa o que recebeu, a culpa não é dele.

— Não?

— Não, senhor. Eu lhe digo como o negócio se passou. O defunto meu tio não era mau homem; mas quando estava furioso era capaz de nem tirar o chapéu ao Santíssimo. Ora, um dia, pouco tempo antes de morrer, descobriu que um escravo lhe roubara um boi; imagine como ficou. A cara era um pimentão; todo ele tremia, a boca escumava; lembra-me como se fosse hoje. Então um homem feio, cabeludo, em mangas de camisa, chegou-se a ele e pediu água. Meu tio (Deus lhe fale n'alma!) respondeu que fosse beber ao rio ou ao inferno. O homem olhou para ele, abriu a mão em ar de ameaça, e rogou esta praga: — "Todo o seu dinheiro não há de durar mais de sete anos e um dia, tão certo como isto ser o *sino salamão!*" E mostrou o *sino salamão* impresso no braço. Foi isto, meu senhor; foi esta praga daquele maldito.

Bacamarte espetara na pobre senhora um par de olhos agudos como punhais. Quando ela acabou, estendeu-lhe a mão polidamente, como se o fizesse à própria esposa do vice-rei, e convidou-a a ir falar ao primo. A mísera acreditou; ele levou-a à Casa Verde e encerrou-a na galeria dos alucinados.

A notícia desta aleivosia do ilustre Bacamarte lançou o terror à alma da população. Ninguém queria acabar de crer que, sem motivo, sem inimizade, o alienista trancasse na Casa Verde uma senhora perfeitamente ajuizada, que não tinha outro crime senão o de interceder por um infeliz. Comentava-se o caso nas esquinas, nos barbeiros; edificou-se um romance, umas finezas namoradas que o alienista outrora dirigira à prima do Costa, a indignação do Costa e o desprezo da prima. E daí a vingança. Era claro. Mas a austeridade do alienista, a vida de estudos que ele levava, pareciam desmentir uma tal hipótese. Histórias! Tudo isso era naturalmente a capa do velhaco. E um dos mais crédulos chegou a murmurar que sabia de outras cousas, não as dizia, por não ter certeza plena, mas sabia, quase que podia jurar.

— Você, que é íntimo dele, não nos podia dizer o que há, o que houve, que motivo...

Crispim Soares derretia-se todo. Esse interrogar da gente inquieta e curiosa, dos amigos atônitos, era para ele uma consagração pública. Não havia duvidar; toda a povoação sabia enfim que o privado do alienista era ele, Crispim, o boticário, o colaborador do grande homem e das grandes cousas; daí a corrida à botica. Tudo isso dizia o carão jucundo e o riso discreto do boticário, o riso e o silêncio, porque ele não respondia nada; um, dous, três monossílabos, quando muito, soltos, secos, encapados no fiel sorriso, constante e miúdo, cheio de mistérios científicos, que ele não podia, sem desdouro nem perigo, desvendar a nenhuma pessoa humana.

— Há cousa, pensavam os mais desconfiados.

Um desses limitou-se a pensá-lo, deu de ombros e foi embora. Tinha negócios pessoais. Acabava de construir uma casa suntuosa. Só a casa bastava para deter e chamar toda a gente; mas havia mais, — a mobília, que ele mandara vir da Hungria e da Holanda, segundo contava, e que se podia ver do lado de fora, porque as janelas viviam abertas, — e o jardim, que era uma obra-prima de arte e de gosto. Esse homem, que enriquecera no fabrico de albardas, tinha tido sempre o sonho de uma casa magnífica, jardim pomposo, mobília rara. Não deixou o negócio das albardas, mas repousava dele na contemplação da casa nova, a primeira de Itaguaí, mais grandiosa do que a Casa Verde, mais nobre do que a da câmara. Entre a gente ilustre da povoação havia choro e ranger de dentes, quando se pensava, ou se falava, ou se louvava a casa do albardeiro, — um simples albardeiro, Deus do céu!

— Lá está ele embasbacado, diziam os transeuntes, de manhã.

De manhã, com efeito, era costume do Mateus estatelar-se, no meio do jardim, com os olhos na casa, namorado, durante uma longa hora, até que vinham chamá-lo para almoçar. Os vizinhos, embora o cumprimentassem com certo respeito, riam-se por trás dele, que era um gosto. Um desses chegou a dizer que o Mateus seria muito mais econômico, e estaria riquíssimo, se fabricasse as albardas para si mesmo; epigrama ininteligível, mas que fazia rir às bandeiras despregadas.

— Agora lá está o Mateus a ser contemplado, diziam à tarde.

A razão deste outro dito era que, de tarde, quando as famílias saíam a passeio (jantavam cedo) usava o Mateus postar-se à janela, bem no centro, vistoso, sobre um fundo escuro, trajado de branco, atitude senhoril, e assim ficava duas e três horas até que anoitecia de todo. Pode crer-se que a intenção do Mateus era ser admirado e invejado, posto que ele não a confessasse a nenhuma pessoa, nem ao boticário, nem ao padre Lopes, seus grandes amigos. E entretanto não foi outra a alegação do boticário, quando o alienista lhe disse que o albardeiro talvez padecesse do amor das pedras, mania que ele Bacamarte descobrira e estudava desde algum tempo. Aquilo de contemplar a casa...

— Não, senhor, acudiu vivamente Crispim Soares.

— Não?

— Há de perdoar-me, mas talvez não saiba que ele de manhã examina a obra, não a admira; de tarde, são os outros que o admiram a ele e à obra. — E contou o uso do albardeiro, todas as tardes, desde cedo até o cair da noite.

Uma volúpia científica alumiou os olhos de Simão Bacamarte. Ou ele não conhecia todos os costumes do albardeiro, ou nada mais quis, interrogando o Crispim, do que confirmar alguma notícia incerta ou suspeita vaga. A explicação satisfê-lo; mas como tinha as alegrias próprias de um sábio, concentradas, nada viu o boticário que fizesse suspeitar uma intenção sinistra. Ao contrário, era de tarde, e o alienista pediu-lhe o braço para irem a passeio. Deus! era a primeira vez que Simão Bacamarte dava ao seu privado tamanha honra; Crispim ficou trêmulo, atarantado, disse que sim, que estava pronto. Chegaram duas ou três pessoas de fora, Crispim mandou-as mentalmente a todos os diabos; não só atrasavam o passeio, como podia acontecer que Bacamarte elegesse alguma delas, para acompanhá-lo, e o dispensasse a ele. Que impaciência! que aflição! Enfim, saíram. O alienista guiou para os lados da casa do albardeiro, viu-o à janela, passou cinco, seis vezes por diante, devagar, parando, examinando as atitudes, a expressão do rosto. O pobre Mateus, apenas notou que era objeto da curiosidade ou admiração do primeiro vulto de Itaguaí, redobrou de expressão, deu outro relevo às atitudes... Triste! triste! não fez mais do que condenar-se; no dia seguinte, foi recolhido à Casa Verde.

— A Casa Verde é um cárcere privado, disse um médico sem clínica.

Nunca uma opinião pegou e grassou tão rapidamente. Cárcere privado: eis o que se repetia de norte a sul e de leste a oeste de Itaguaí, — a medo, é verdade, porque durante a semana que se seguiu à captura do pobre Mateus, vinte e tantas pessoas, — duas ou três de consideração, — foram recolhidas à Casa Verde. O alienista dizia que só eram admitidos os casos patológicos, mas pouca gente lhe dava crédito. Sucediam-se as versões populares. Vingança, cobiça de dinheiro, castigo de Deus, monomania do próprio médico, plano secreto do Rio de Janeiro com o fim de destruir em Itaguaí qualquer gérmen de prosperidade que viesse a brotar, arvorecer, florir, com desdouro e míngua daquela cidade, mil outras explicações, que não explicavam nada, tal era o produto diário da imaginação pública.

Nisto chegou do Rio de Janeiro a esposa do alienista, a tia, a mulher do Crispim Soares, e toda a mais comitiva, —

ou quase toda, — que algumas semanas antes partira de Itaguaí. O alienista foi recebê-la, com o boticário, o padre Lopes, os vereadores, e vários outros magistrados. O momento em que D. Evarista pôs os olhos na pessoa do marido é considerado pelos cronistas do tempo como um dos mais sublimes da história moral dos homens, e isto pelo contraste das duas naturezas, ambas extremas, ambas egrégias. D. Evarista soltou um grito, balbuciou uma palavra e atirou-se ao consorte, de um gesto que não se pode melhor definir do que comparando-o a uma mistura de onça e rola. Não assim o ilustre Bacamarte; frio como um diagnóstico, sem desengonçar por um instante a rigidez científica, estendeu os braços à dona, que caiu neles, e desmaiou. Curto incidente; ao cabo de dous minutos, D. Evarista recebia os cumprimentos dos amigos, e o préstito punha-se em marcha.

D. Evarista era a esperança de Itaguaí; contava-se com ela para minorar o flagelo da Casa Verde. Daí as aclamações públicas, a imensa gente que atulhava as ruas, as flâmulas, as flores e damascos às janelas. Com o braço apoiado no do padre Lopes, — porque o eminente Bacamarte confiara a mulher ao vigário, e acompanhava-os a passo meditativo, — D. Evarista voltava a cabeça a um lado e outro, curiosa, inquieta, petulante. O vigário indagava do Rio de Janeiro, que ele não vira desde o vice-reinado anterior; e D. Evarista respondia, entusiasmada, que era a cousa mais bela que podia haver no mundo. O Passeio Público estava acabado, um paraíso, onde ela fora muitas vezes, e a Rua das Belas Noites,[2] o chafariz das Marrecas... Ah! o chafariz das Marrecas! Eram mesmo marrecas, — feitas de metal e despejando água pela boca fora. Uma cousa galantíssima. O vigário dizia que sim, que o Rio de Janeiro devia estar agora muito mais bonito. Se já o era noutro tempo! Não admira, maior do que Itaguaí e de mais a mais sede do governo... Mas não se pode dizer que Itaguaí fosse feio; tinha belas casas, a casa do Mateus, a Casa Verde...

— A propósito de Casa Verde, disse o padre Lopes escorregando habilmente para o assunto da ocasião, a senhora vem achá-la muito cheia de gente.

2 Atual Rua das Marrecas.

— Sim?
— É verdade. Lá está o Mateus...
— O albardeiro?
— O albardeiro; está o Costa, a prima do Costa, e Fulano, e Sicrano, e...
— Tudo isso doudo?
— Ou quase doudo, obtemperou o padre.
— Mas então?
O vigário derreou os cantos da boca, à maneira de quem não sabe nada, ou não quer dizer tudo; resposta vaga, que se não pode repetir a outra pessoa, por falta de texto. D. Evarista achou realmente extraordinário que toda aquela gente ensandecesse; um ou outro, vá; mas todos? Entretanto, custava-lhe duvidar; o marido era um sábio, não recolheria ninguém à Casa Verde sem prova evidente de loucura.
— Sem dúvida... sem dúvida... ia pontuando o vigário.
Três horas depois, cerca de cinqüenta convivas sentavam-se em volta da mesa de Simão Bacamarte; era o jantar das boas-vindas. D. Evarista foi o assunto obrigado dos brindes, discursos, versos de toda a casta, metáforas, amplificações, apólogos. Ela era a esposa do novo Hipócrates, a musa da ciência, anjo, divina, aurora, caridade, vida, consolação; trazia nos olhos duas estrelas, segundo a versão modesta de Crispim Soares, e dous sóis, no conceito de um vereador. O alienista ouvia essas cousas um tanto enfastiado, mas sem visível impaciência. Quando muito dizia ao ouvido da mulher, que a retórica permitia tais arrojos sem significação. D. Evarista fazia esforços para aderir a esta opinião do marido; mas, ainda descontando três quartas partes das louvaminhas, ficava muito com que enfunar-lhe a alma. Um dos oradores, por exemplo, Martim Brito, rapaz de vinte e cinco anos, pintalegrete acabado, curtido de namoros e aventuras, declamou um discurso em que o nascimento de D. Evarista era explicado pelo mais singular dos reptos. "Deus, disse ele, depois de dar ao universo o homem e a mulher, esse diamante e essa pérola da coroa divina (e o orador arrastava triunfalmente esta frase de uma ponta a outra da mesa), Deus quis vencer a Deus, e criou D. Evarista."

D. Evarista baixou os olhos com exemplar modéstia. Duas

senhoras, achando a cortesanice excessiva e audaciosa, interrogaram os olhos do dono da casa; e, na verdade, o gesto do alienista pareceu-lhes nublado de suspeitas, de ameaças, e, provavelmente, de sangue. O atrevimento foi grande, pensaram as duas damas. E uma e outra pediam a Deus que removesse qualquer episódio trágico, — ou que o adiasse, ao menos, para o dia seguinte. Sim, que o adiasse. Uma delas, a mais piedosa, chegou a admitir, consigo mesma, que D. Evarista não merecia nenhuma desconfiança, tão longe estava de ser atraente ou bonita. Uma simples água-morna. Verdade é que, se todos os gostos fossem iguais, o que seria do amarelo? E esta idéia fê-la tremer outra vez, embora menos; menos, porque o alienista sorria agora para o Martim Brito, e, levantados todos, foi ter com ele e falou-lhe do discurso. Não lhe negou que era um improviso brilhante, cheio de rasgos magníficos. Seria dele mesmo a idéia relativa ao nascimento de D. Evarista, ou tê-la-ia encontrado em algum autor que...? Não, senhor; era dele mesmo; achou-a naquela ocasião e parecera-lhe adequada a um arroubo oratório. De resto, suas idéias eram antes arrojadas do que ternas ou jocosas. Dava para o épico. Uma vez, por exemplo, compôs uma ode à queda do marquês de Pombal, em que dizia que esse ministro era o "dragão aspérrimo do Nada", esmagado pelas "garras vingadoras do Todo"; e assim outras, mais ou menos fora do comum; gostava das idéias sublimes e raras, das imagens grandes e nobres...

— Pobre moço! pensou o alienista. E continuou consigo: — Trata-se de um caso de lesão cerebral; fenômeno sem gravidade, mas digno de estudo...

D. Evarista ficou estupefata quando soube, três dias depois, que o Martim Brito fora alojado na Casa Verde. Um moço que tinha idéias tão bonitas! As duas senhoras atribuíram o ato a ciúmes do alienista. Não podia ser outra cousa; realmente a declaração do moço fora audaciosa demais.

Ciúmes? Mas como explicar que, logo em seguida, fossem recolhidos José Borges do Couto Leme, pessoa estimável, o Chico das Cambraias, folgazão emérito, o escrivão Fabrício, e ainda outros? O terror acentuou-se. Não se sabia já quem estava são, nem quem estava doudo. As mulheres, quando os maridos saíam, mandavam acender uma lamparina a Nossa

Senhora; e nem todos os maridos eram valorosos, alguns não andavam fora sem um ou dous capangas. Positivamente o terror. Quem podia, emigrava. Um desses fugitivos, chegou a ser preso a duzentos passos da vila. Era um rapaz de trinta anos, amável, conversado, polido, tão polido que não cumprimentava alguém sem levar o chapéu ao chão; na rua, acontecia-lhe correr uma distância de dez a vinte braças para ir apertar a mão a um homem grave, a uma senhora, às vezes a um menino, como acontecera ao filho do juiz de fora. Tinha a vocação das cortesias. De resto, devia as boas relações da sociedade, não só aos dotes pessoais, que eram raros, como à nobre tenacidade com que nunca desanimava diante de uma, duas, quatro, seis recusas, caras feias, etc. O que acontecia era que, uma vez entrado numa casa, não a deixava mais, nem os da casa o deixavam a ele, tão gracioso era o Gil Bernardes. Pois o Gil Bernardes, apesar de se saber estimado, teve medo quando lhe disseram um dia, que o alienista o trazia de olho; na madrugada seguinte fugiu da vila, mas foi logo apanhado e conduzido à Casa Verde.

— Devemos acabar com isto!

— Não pode continuar!

— Abaixo a tirania!

— Déspota! violento! Golias!

Não eram gritos na rua, eram suspiros em casa, mas não tardava a hora dos gritos. O terror crescia; avizinhava-se a rebelião. A idéia de uma petição ao governo para que Simão Bacamarte fosse capturado e deportado, andou por algumas cabeças, antes que o barbeiro Porfírio a expendesse na loja, com grandes gestos de indignação. Note-se, — e essa é uma das laudas mais puras desta sombria história, — note-se que o Porfírio, desde que a Casa Verde começara a povoar-se tão extraordinariamente, viu crescerem-lhe os lucros pela aplicação assídua de sanguessugas que dali lhe pediam; mas o interesse particular, dizia ele, deve ceder ao interesse público. E acrescentava: — é preciso derrubar o tirano! Note-se mais que ele soltou esse grito justamente no dia em que Simão Bacamarte fizera recolher à Casa Verde um homem que trazia com ele uma demanda, o Coelho.

— Não me dirão em que é que o Coelho é doudo? bradou o Porfírio.

E ninguém lhe respondia; todos repetiam que era um homem perfeitamente ajuizado. A mesma demanda que ele trazia com o barbeiro, acerca de uns chãos da vila, era filha da obscuridade de um alvará, e não da cobiça ou ódio. Um excelente caráter o Coelho. Os únicos desafeiçoados que tinha eram alguns sujeitos que, dizendo-se taciturnos, ou alegando andar com pressa, mal o viam de longe dobravam as esquinas, entravam nas lojas, etc. Na verdade, ele amava a boa palestra, a palestra comprida, gostada a sorvos largos, e assim é que nunca estava só, preferindo os que sabiam dizer duas palavras, mas não desdenhando os outros. O padre Lopes, que cultivava o Dante, e era inimigo do Coelho, nunca o via desligar-se de uma pessoa que não declamasse e emendasse este trecho:

La bocca sollevò dal fiero pasto
Quel *seccatore*... [3]

mas uns sabiam do ódio do padre, e outros pensavam que isto era uma oração em latim.

VI

A rebelião

Cerca de trinta pessoas ligaram-se ao barbeiro, redigiram e levaram uma representação à câmara. A câmara recusou aceitá-la, declarando que a Casa Verde era uma instituição pública, e que a ciência não podia ser emendada por votação administrativa, menos ainda por movimentos de rua.

— Voltai ao trabalho, concluiu o presidente, é o conselho que vos damos.

A irritação dos agitadores foi enorme. O barbeiro declarou que iam dali levantar a bandeira da rebelião, e destruir a Casa Verde; que Itaguaí não podia continuar a servir de ca-

3 "A boca soergueu do fero pasto aquele *maçador*..." — A "emenda" refere-se à troca por *seccatore* do original *peccatore* que se lê no canto 33, vv. 1-2 do *Inferno*, da *Divina Comédia* de Dante Alighieri.

dáver aos estudos e experiências de um déspota; que muitas pessoas estimáveis, algumas distintas, outras humildes mas dignas de apreço, jaziam nos cubículos da Casa Verde; que o despotismo científico do alienista complicava-se do espírito de ganância, visto que os loucos, ou supostos tais, não eram tratados de graça: as famílias, e em falta delas a câmara, pagavam ao alienista...

— É falso, interrompeu o presidente.

— Falso?

— Há cerca de duas semanas recebemos um ofício do ilustre médico, em que nos declara que, tratando de fazer experiências de alto valor psicológico, desiste do estipêndio votado pela câmara, bem como nada receberá das famílias dos enfermos.

A notícia deste ato tão nobre, tão puro, suspendeu um pouco a alma dos rebeldes. Seguramente o alienista podia estar em erro, mas nenhum interesse alheio à ciência o instigava; e para demonstrar o erro era preciso alguma cousa mais do que arruaças e clamores. Isto disse o presidente, com aplauso de toda a câmara. O barbeiro, depois de alguns instantes de concentração, declarou que estava investido de um mandato público, e não restituiria a paz a Itaguaí antes de ver por terra a Casa Verde, — "essa Bastilha da razão humana", — expressão que ouvira a um poeta local, e que ele repetiu com muita ênfasis. Disse, e a um sinal todos saíram com ele.

Imagine-se a situação dos vereadores; urgia obstar ao ajuntamento, à rebelião, à luta, ao sangue. Para acrescentar ao mal, um dos vereadores que apoiara o presidente, ouvindo agora a denominação dada pelo barbeiro à Casa Verde, — "Bastilha da razão humana", — achou-a tão elegante, que mudou de parecer. Disse que entendia de bom aviso decretar alguma medida que reduzisse a Casa Verde; e porque o presidente, indignado, manifestasse em termos enérgicos o seu pasmo, o vereador fez esta reflexão:

— Nada tenho que ver com a ciência; mas se tantos homens em quem supomos juízo são reclusos por dementes, quem nos afirma que o alienado não é o alienista?

Sebastião Freitas, o vereador dissidente, tinha o dom da palavra e falou ainda por algum tempo com prudência, mas

"essa Bastilha da razão humana"

com firmeza. Os colegas estavam atônitos; o presidente pediu-lhe que, ao menos, desse o exemplo da ordem e do respeito à lei, não aventasse as suas idéias na rua, para não dar corpo e alma à rebelião, que era por ora um turbilhão de átomos dispersos. Esta figura corrigiu um pouco o efeito da outra: Sebastião Freitas prometeu suspender qualquer ação, reservando-se o direito de pedir pelos meios legais a redução da Casa Verde. E repetia consigo, namorado: — Bastilha da razão humana!

Entretanto, a arruaça crescia. Já não eram trinta, mas trezentas pessoas que acompanhavam o barbeiro, cuja alcunha familiar deve ser mencionada, porque ela deu o nome à revolta; chamavam-lhe o Canjica, — e o movimento ficou célebre com o nome de revolta dos Canjicas. A ação podia ser restrita, — visto que muita gente, ou por medo, ou por hábitos de educação, não descia à rua; mas o sentimento era unânime, ou quase unânime, e os trezentos que caminhavam para a Casa Verde, — dada a diferença de Paris a Itaguaí, — podiam ser comparados aos que tomaram a Bastilha.

D. Evarista teve notícia da rebelião antes que ela chegasse; veio dar-lha uma de suas crias. Ela provava nessa ocasião um vestido de seda, — um dos trinta e sete que trouxera do Rio de Janeiro, — e não quis crer.

— Há de ser alguma patuscada, dizia ela mudando a posição de um alfinete. Benedita, vê se a barra está boa.

— Está, sinhá, respondia a mucama de cócaras no chão, está boa. Sinhá vira um bocadinho. Assim. Está muito boa.

— Não é patuscada, não, senhora; eles estão gritando: — Morra o Dr. Bacamarte! o tirano! dizia o moleque assustado.

— Cala a boca, tolo! Benedita, olha aí do lado esquerdo; não parece que a costura está um pouco enviesada? A risca azul não segue até abaixo; está muito feio assim; é preciso descoser para ficar igualzinho e. . .

— Morra o Dr. Bacamarte! morra o tirano! uivaram fora trezentas vozes. Era a rebelião que desembocava na Rua Nova.

D. Evarista ficou sem pinga de sangue. No primeiro instante não deu um passo, não fez um gesto; o terror petrificou-a. A mucama correu instintivamente para a porta do fundo. Quanto ao moleque, a quem D. Evarista não dera crédito, teve um instante de triunfo, um certo movimento súbito, imperceptível, entranhado, de satisfação moral, ao ver que a realidade vinha jurar por ele.

— Morra o alienista! bradavam as vozes mais perto.

D. Evarista, se não resistia facilmente às comoções de prazer, sabia entestar com os momentos de perigo. Não desmaiou; correu à sala interior onde o marido estudava. Quando ela ali entrou, precipitada, o ilustre médico escrutava um texto de Averróis; os olhos dele, empanados pela cogitação, subiam do livro ao teto e baixavam do teto ao livro, cegos para a realidade exterior, videntes para os profundos trabalhos mentais. D. Evarista chamou pelo marido duas vezes, sem que ele lhe desse atenção; à terceira, ouviu e perguntou-lhe o que tinha, se estava doente.

— Você não ouve estes gritos? perguntou a digna esposa em lágrimas.

O alienista atendeu então; os gritos aproximavam-se, terríveis, ameaçadores; ele compreendeu tudo. Levantou-se da cadeira de espaldar em que estava sentado, fechou o livro, e, a passo firme e tranqüilo, foi depositá-lo na estante. Como a introdução do volume desconcertasse um pouco a linha dos dous tomos contíguos, Simão Bacamarte cuidou de corrigir esse defeito mínimo, e, aliás, interessante. Depois disse à mulher que se recolhesse, que não fizesse nada.

— Não, não, implorava a digna senhora, quero morrer ao lado de você...

Simão Bacamarte teimou que não, que não era caso de morte; e ainda que o fosse, intimava-lhe em nome da vida que ficasse. A infeliz dama curvou a cabeça, obediente e chorosa.

— Abaixo a Casa Verde! bradavam os Canjicas.

O alienista caminhou para a varanda da frente, e chegou ali no momento em que a rebelião também chegava e parava, defronte, com as suas trezentas cabeças rutilantes de civismo e sombrias de desespero. — Morra! morra! bradaram de todos os lados, apenas o vulto do alienista assomou na varanda. Simão Bacamarte fez um sinal pedindo para falar; os revoltosos cobriram-lhe a voz com brados de indignação. Então, o barbeiro, agitando o chapéu, a fim de impor silêncio à turba, conseguiu aquietar os amigos, e declarou ao alienista que podia falar, mas acrescentou que não abusasse da paciência do povo como fizera até então.

— Direi pouco, ou até não direi nada, se for preciso. Desejo saber primeiro o que pedis.

— Não pedimos nada, replicou fremente o barbeiro; ordenamos que a Casa Verde seja demolida, ou pelo menos despojada dos infelizes que lá estão.

— Não entendo.

— Entendeis bem, tirano; queremos dar liberdade às vítimas do vosso ódio, capricho, ganância...

O alienista sorriu, mas o sorriso desse grande homem não era cousa visível aos olhos da multidão; era uma contração leve de dous ou três músculos, nada mais. Sorriu e respondeu:

— Meus senhores, a ciência é cousa séria, e merece ser tratada com seriedade. Não dou razão dos meus atos de alienista a ninguém, salvo aos mestres e a Deus. Se quereis emendar a administração da Casa Verde, estou pronto a ouvir-vos; mas se exigis que me negue a mim mesmo, não ganhareis nada. Poderia convidar alguns de vós, em comissão dos outros, a vir ver comigo os loucos reclusos; mas não o faço, porque seria dar-vos razão do meu sistema, o que não farei a leigos, nem a rebeldes.

Disse isto o alienista, e a multidão ficou atônita; era claro que não esperava tanta energia e menos ainda tamanha serenidade. Mas o assombro cresceu de ponto quando o alienista, cortejando a multidão com muita gravidade, deu-lhe as costas e retirou-se lentamente para dentro. O barbeiro tornou logo a si, e, agitando o chapéu, convidou os amigos à demolição da Casa Verde; poucas vozes e frouxas lhe responderam. Foi nesse momento decisivo que o barbeiro sentiu despontar em si a ambição do governo; pareceu-lhe então que, demolindo a Casa Verde, e derrocando a influência do alienista, chegaria a apoderar-se da câmara, dominar as demais autoridades e constituir-se senhor de Itaguaí. Desde alguns anos que ele forcejava por ver o seu nome incluído nos pelouros para o sorteio dos vereadores, mas era recusado por não ter uma posição compatível com tão grande cargo. A ocasião era agora ou nunca. Demais, fora tão longe na arruaça, que a derrota seria a prisão, ou talvez a forca, ou o degredo. Infelizmente, a resposta

— Vamos! repetiram todos.

do alienista diminuíra o furor dos sequazes. O barbeiro, logo que o percebeu, sentiu um impulso de indignação, e quis bradar-lhes: — Canalhas! covardes! — mas conteve-se, e rompeu deste modo:

— Meus amigos, lutemos até o fim! A salvação de Itaguaí está nas vossas mãos dignas e heróicas. Destruamos o cárcere de vossos filhos e pais, de vossas mães e irmãs, de vossos parentes e amigos, e de vós mesmos. Ou morrereis a pão e água, talvez a chicote, na masmorra daquele indigno.

A multidão agitou-se, murmurou, bradou, ameaçou, congregou-se toda em derredor do barbeiro. Era a revolta que tornava a si da ligeira síncope, e ameaçava arrasar a Casa Verde.

— Vamos! bradou Porfírio agitando o chapéu.

— Vamos! repetiram todos.

Deteve-os um incidente: era um corpo de dragões que, a marche-marche, entrava na Rua Nova.

VII

O inesperado

Chegados os dragões em frente aos Canjicas, houve um instante de estupefação; os Canjicas não queriam crer que a força pública fosse mandada contra eles; mas o barbeiro compreendeu tudo e esperou. Os dragões pararam, o capitão intimou à multidão que se dispersasse; mas, conquanto uma parte dela estivesse inclinada a isso, a outra parte apoiou fortemente o barbeiro, cuja resposta consistiu nestes termos alevantados:

— Não nos dispersaremos. Se quereis os nossos cadáveres, podeis tomá-los; mas só os cadáveres; não levareis a nossa honra, o nosso crédito, os nossos direitos, e com eles a salvação de Itaguaí.

Nada mais imprudente do que essa resposta do barbeiro; e nada mais natural. Era a vertigem das grandes crises. Talvez fosse também um excesso de confiança na abstenção das armas por parte dos dragões; confiança que o capitão dissipou logo, mandando carregar sobre os Canjicas. O momento foi indescritível. A multidão urrou furiosa; alguns, trepando às janelas das casas, ou correndo pela rua fora, conseguiram escapar; mas a maioria ficou, bufando de cólera, indignada, animada pela exortação do barbeiro. A derrota dos Canjicas estava iminente, quando um terço dos dragões, — qualquer que fosse o motivo, as crônicas não o declaram, — passou subitamente para o lado da rebelião. Este inesperado reforço deu alma aos Canjicas, ao mesmo tempo que lançou o desânimo às fileiras da legalidade. Os soldados fiéis não tiveram coragem de atacar os seus próprios camaradas, e, um a um, foram passando para eles, de modo que, ao cabo de alguns minutos, o aspecto das cousas era totalmente outro. O capitão estava de um lado, com alguma gente, contra uma massa compacta que o ameaçava de morte. Não teve remédio, declarou-se vencido e entregou a espada ao barbeiro.

A revolução triunfante não perdeu um só minuto; recolheu os feridos às casas próximas, e guiou para a câmara. Povo e tropa fraternizavam, davam vivas a el-rei, ao vice-rei, a Itaguaí, ao "ilustre Porfírio". Este ia na frente, empunhando tão destramente a espada, como se ela fosse apenas uma navalha um pouco mais comprida. A vitória cingia-lhe a fronte de um nimbo misterioso. A dignidade de governo começava a enrijar-lhe os quadris.

Os vereadores, às janelas, vendo a multidão e a tropa, cuidaram que a tropa capturara a multidão, e sem mais exame, entraram e votaram uma petição ao vice-rei para que mandasse dar um mês de soldo aos dragões, "cujo denodo salvou Itaguaí do abismo a que o tinha lançado uma cáfila de rebeldes". Esta frase foi proposta por Sebastião Freitas, o vereador dissidente, cuja defesa dos Canjicas tanto escandalizara os colegas. Mas bem depressa a ilusão se desfez. Os vivas ao barbeiro, os morras aos vereadores e ao alienista vieram dar-lhes notícia da triste realidade. O presidente não desanimou: — Qualquer que seja a nossa sorte, disse ele, lembremo-nos que estamos ao serviço de Sua Majestade e do povo. — Sebastião Freitas insinuou que melhor se poderia servir à coroa e à vila saindo pelos fundos e indo conferenciar com o juiz de fora, mas toda a câmara rejeitou esse alvitre.

Daí a nada o barbeiro, acompanhado de alguns de seus tenentes, entrava na sala da vereança e intimava à câmara a sua queda. A câmara não resistiu, entregou-se, e foi dali para a cadeia. Então os amigos do barbeiro propuseram-lhe que assumisse o governo da vila, em nome de Sua Majestade. Porfírio aceitou o encargo, embora não desconhecesse (acrescentou) os espinhos que trazia; disse mais que não podia dispensar o concurso dos amigos presentes; ao que eles prontamente anuíram. O barbeiro veio à janela, e comunicou ao povo essas resoluções, que o povo ratificou, aclamando o barbeiro. Este tomou a denominação de — "Protetor da vila em nome de Sua Majestade e do povo". — Expediram-se logo várias ordens importantes, comunicações oficiais do novo governo, uma exposição minuciosa ao vice-rei, com muitos protestos de obediência às ordens de Sua Majestade; finalmente, uma proclamação ao povo, curta, mas enérgica:

"Itaguaienses!

Uma câmara corrupta e violenta conspirava contra os interesses de Sua Majestade e do povo. A opinião pública tinha-a condenado; um punhado de cidadãos, fortemente apoiados pelos bravos dragões de Sua Majestade, acaba de a dissolver ignominiosamente, e por unânime consenso da vila, foi-me confiado o mando supremo, até que Sua Majestade se sirva ordenar o que parecer melhor ao seu real serviço. Itaguaienses! não vos peço senão que me rodeeis de confiança, que me auxilieis em restaurar a paz e a fazenda pública, tão desbaratada pela câmara que ora findou às vossas mãos. Contai com o meu sacrifício, e ficai certos de que a coroa será por nós.

O Protetor da vila em nome de Sua Majestade e do povo

PORFÍRIO CAETANO DAS NEVES."

Toda a gente advertiu no absoluto silêncio desta proclamação acerca da Casa Verde; e, segundo uns, não podia haver mais vivo indício dos projetos tenebrosos do barbeiro. O perigo era tanto maior quanto que, no meio mesmo desses graves sucessos, o alienista metera na Casa Verde umas sete ou oito pessoas, entre elas duas senhoras, sendo um dos homens aparentado com o Protetor. Não era um repto, um ato intencional; mas todos o interpretaram dessa maneira, e a vila respirou com a esperança de que o alienista dentro de vinte e quatro horas estaria a ferros, e destruído o terrível cárcere.

O dia acabou alegremente. Enquanto o arauto da matraca ia recitando de esquina em esquina a proclamação, o povo espalhava-se nas ruas e jurava morrer em defesa do ilustre Porfírio. Poucos gritos contra a Casa Verde, prova de confiança na ação do governo. O barbeiro fez expedir um ato declarando feriado aquele dia, e entabulou negociações com o vigário para a celebração de um *Te-Deum,* tão conveniente era aos olhos dele a conjunção do poder temporal com o espiritual; mas o padre Lopes recusou abertamente o seu concurso.

— Em todo caso, Vossa Reverendíssima não se alistará entre os inimigos do governo? disse-lhe o barbeiro, dando à fisionomia um aspecto tenebroso.

Ao que o padre Lopes respondeu, sem responder:

— Como alistar-me, se o novo governo não tem inimigos?

O barbeiro sorriu; era a pura verdade. Salvo o capitão. os vereadores e os principais da vila, toda a gente o aclamava. Os mesmos principais, se o não aclamavam, não tinham saído contra ele. Nenhum dos almotacés deixou de vir receber as suas ordens. No geral, as famílias abençoavam o nome daquele que ia enfim libertar Itaguaí da Casa Verde e do terrível Simão Bacamarte.

VIII

As angústias do boticário

Vinte e quatro horas depois dos sucessos narrados no capítulo anterior, o barbeiro saiu do palácio do governo, —

foi a denominação dada à casa da câmara, — com dous ajudantes-de-ordens, e dirigiu-se à residência de Simão Bacamarte. Não ignorava ele que era mais decoroso ao governo mandá-lo chamar; o receio, porém, de que o alienista não obedecesse, obrigou-o a parecer tolerante e moderado.

Não descrevo o terror do boticário ao ouvir dizer que o barbeiro ia à casa do alienista. — Vai prendê-lo, pensou ele. E redobraram-lhe as angústias. Com efeito, a tortura moral do boticário naqueles dias de revolução excede a toda a descrição possível. Nunca um homem se achou em mais apertado lance: — a privança do alienista chamava-o ao lado deste, a vitória do barbeiro atraía-o ao barbeiro. Já a simples notícia da sublevação tinha-lhe sacudido fortemente a alma, porque ele sabia a unanimidade do ódio ao alienista; mas a vitória final foi também o golpe final. A esposa, senhora máscula, amiga particular de D. Evarista, dizia que o lugar dele era ao lado de Simão Bacamarte; ao passo que o coração lhe bradava que não, que a causa do alienista estava perdida, e que ninguém, por ato próprio, se amarra a um cadáver. Fê-lo Catão, é verdade, *sed victa Catoni,* pensava ele, relembrando algumas palestras habituais do padre Lopes; mas Catão não se atou a uma causa vencida, ele era a própria causa vencida, a causa da república; o seu ato, portanto, foi de egoísta, de um miserável egoísta; minha situação é outra. Insistindo, porém, a mulher, não achou Crispim Soares outra saída em tal crise senão adoecer; declarou-se doente e meteu-se na cama.

— Lá vai o Porfírio à casa do Dr. Bacamarte, disse-lhe a mulher no dia seguinte à cabeceira da cama; vai acompanhado de gente.

— Vai prendê-lo, pensou o boticário.

Uma idéia traz outra; o boticário imaginou que, uma vez preso o alienista, viriam também buscá-lo a ele, na qualidade de cômplice. Esta idéia foi o melhor dos vesicatórios. Crispim Soares ergueu-se, disse que estava bom, que ia sair; e apesar de todos os esforços e protestos da consorte, vestiu-se e saiu. Os velhos cronistas são unânimes em dizer que a certeza de que o marido ia colocar-se nobremente ao lado do alienista consolou grandemente a esposa do boticário; e notam, com muita perspicácia, o imenso poder moral de uma ilusão; porquanto, o boticário caminhou resolutamente ao palácio do governo, não à casa do alienista. Ali chegando, mostrou-se admirado de não ver o barbeiro, a quem ia apresentar os seus protestos de adesão, não o tendo feito desde a véspera por enfermo. E tossia com algum custo. Os altos funcionários que lhe ouviam esta declaração, sabedores da intimidade do boticário com o alienista, compreenderam toda a importância da adesão nova, e trataram a Crispim Soares com apurado carinho; afirmaram-lhe que o barbeiro não tardava; Sua Senhoria tinha ido à Casa Verde, a negócio importante, mas não tardava. Deram-lhe cadeira, refrescos, elogios; disseram-lhe que a causa do ilustre Porfírio era a de todos os patriotas; ao que o boticário ia repetindo que sim, que nunca pensara outra cousa, que isso mesmo mandaria declarar a Sua Majestade.

IX

Dous lindos casos

Não se demorou o alienista em receber o barbeiro; declarou-lhe que não tinha meios de resistir, e portanto estava prestes a obedecer. Só uma cousa pedia, é que o não constrangesse a assistir pessoalmente à destruição da Casa Verde.

— Engana-se Vossa Senhoria, disse o barbeiro depois de alguma pausa, engana-se em atribuir ao governo intenções vandálicas. Com razão ou sem ela, a opinião crê que a maior parte dos doudos ali metidos estão em seu perfeito juízo, mas o governo reconhece que a questão é puramente científica, e não cogita em resolver com posturas as questões científicas. Demais, a Casa Verde é uma instituição pública; tal a aceitamos das mãos da câmara dissolvida. Há, entretanto, — por força que há de haver um alvitre intermédio que restitua o sossego ao espírito público.

O alienista mal podia dissimular o assombro; confessou que esperava outra cousa, o arrasamento do hospício, a prisão dele, o desterro, tudo, menos...

— O pasmo de Vossa Senhoria, atalhou gravemente o barbeiro, vem de não atender à grave responsabilidade do governo. O povo, tomado de uma cega piedade, que lhe dá em tal caso legítima indignação, pode exigir do governo certa ordem de atos; mas este, com a responsabilidade que lhe incumbe, não os deve praticar, ao menos integralmente, e tal é a nossa situação. A generosa revolução que ontem derrubou uma câmara vilipendiada e corrupta, pediu em altos brados o arrasamento da Casa Verde; mas pode entrar no ânimo do governo eliminar a loucura? Não. E se o governo não a pode eliminar, está ao menos apto para discriminá-la, reconhecê-la? Também não; é matéria de ciência. Logo, em assunto tão melindroso, o governo não pode, não deve, não quer dispensar o concurso de Vossa Senhoria. O que lhe pede é que de certa maneira demos alguma satisfação ao povo. Unamo-nos, e o povo saberá obedecer. Um dos alvitres aceitáveis, se Vossa Senhoria não indicar outro, seria fazer retirar da Casa Verde aqueles enfermos que estiverem quase curados, e bem assim os maníacos de pouca monta, etc. Desse modo, sem grande perigo, mostraremos alguma tolerância e benignidade.

— Quantos mortos e feridos houve ontem no conflito? perguntou Simão Bacamarte depois de uns três minutos.

O barbeiro ficou espantado da pergunta, mas respondeu logo que onze mortos e vinte e cinco feridos.

— Onze mortos e vinte e cinco feridos! repetiu duas ou três vezes o alienista.

E em seguida declarou que o alvitre lhe não parecia bom, mas que ele ia catar algum outro, e dentro de poucos dias lhe daria resposta. E fez-lhe várias perguntas acerca dos sucessos da véspera, ataque, defesa, adesão dos dragões, resistência da câmara, etc., ao que o barbeiro ia respondendo com grande abundância, insistindo principalmente no descrédito em que a câmara caíra. O barbeiro confessou que o novo governo não tinha ainda por si a confiança dos principais da vila, mas o alienista podia fazer muito nesse ponto. O governo, concluiu o barbeiro, folgaria se pudesse contar não já com a simpatia, senão com a benevelência do mais alto espírito de Itaguaí, e seguramente do reino. Mas nada disso alterava a nobre e austera fisionomia daquele grande homem, que ouvia calado, sem desvanecimento, nem modéstia, mas impassível como um deus de pedra.

— Onze mortos e vinte e cinco feridos, repetiu o alienista, depois de acompanhar o barbeiro até à porta. Eis aí dous lindos casos de doença cerebral. Os sintomas de duplicidade e descaramento deste barbeiro são positivos. Quanto à toleima dos que o aclamaram não é preciso outra prova além dos onze mortos e vinte e cinco feridos. — Dous lindos casos!

— Viva o ilustre Porfírio! bradaram umas trinta pessoas que aguardavam o barbeiro à porta.

O alienista espiou pela janela, e ainda ouviu este resto de uma pequena fala do barbeiro às trinta pessoas que o aclamavam:

— ...porque eu velo, podeis estar certos disso, eu velo pela execução das vontades do povo. Confiai em mim; e tudo se fará pela melhor maneira. Só vos recomendo ordem. A ordem, meus amigos, é a base do governo...

— Viva o ilustre Porfírio! bradaram as trinta vozes, agitando os chapéus.

— Dous lindos casos! murmurou o alienista.

X

A restauração

Dentro de cinco dias, o alienista meteu na Casa Verde cerca de cinqüenta aclamadores do novo governo. O povo indignou-se. O governo, atarantado, não sabia reagir. João Pina, outro barbeiro, dizia abertamente nas ruas, que o Porfírio estava "vendido ao ouro de Simão Bacamarte", frase que congregou em torno de João Pina a gente mais resoluta da vila. Porfírio, vendo o antigo rival da navalha à testa da insurreição, compreendeu que a sua perda era irremediável, se não desse um grande golpe; expediu dous decretos, um abolindo a Casa Verde, outro desterrando o alienista. João Pina mostrou claramente, com grandes frases, que o ato de Porfírio era um simples aparato, um engodo, em que o povo não devia crer. Duas horas depois caía Porfírio ignominiosamente, e João Pina assumia a difícil tarefa do governo. Como achasse nas gavetas as minutas da proclamação, da exposição ao vice-rei e de outros atos inaugurais do governo anterior, deu-se pressa em os fazer copiar e expedir; acrescentam os cronistas, e aliás subentende-se, que ele lhes mudou os nomes, e onde o outro barbeiro falara de uma câmara corrupta, falou este de "um intruso eivado das más doutrinas francesas, e contrário aos sacrossantos interesses de Sua Majestade, etc."

Nisto entrou na vila uma força mandada pelo vice-rei, e restabeleceu a ordem. O alienista exigiu desde logo a entrega do barbeiro Porfírio, e bem assim a de uns cinqüenta e tantos indivíduos, que declarou mentecaptos; e não só lhe deram esses, como afiançaram entregar-lhe mais dezenove sequazes do barbeiro, que convalesciam das feridas apanhadas na primeira rebelião.

Este ponto da crise de Itaguaí marca também o grau máximo da influência de Simão Bacamarte. Tudo quanto quis, deu-se-lhe; e uma das mais vivas provas do poder do ilustre médico achamo-la na prontidão com que os vereadores, restituídos a seus lugares, consentiram em que Sebastião Freitas também fosse recolhido ao hospício. O alienista, sabendo da extraordinária inconsistência das opiniões desse vereador, entendeu que era um caso patológico, e pediu-o. A mesma cousa aconteceu ao boticário. O alienista, desde que lhe falaram da momentânea adesão de Crispim Soares à rebelião dos Canjicas, comparou-a à aprovação que sempre recebera dele, ainda na véspera, e mandou capturá-lo. Crispim Soares não negou o fato, mas explicou-o dizendo que cedera a um movimento de terror, ao ver a rebelião triunfante, e deu como prova a ausência de nenhum outro ato seu, acrescentando que voltara logo à cama, doente. Simão Bacamarte não o contrariou; disse, porém, aos circunstantes que o terror também é pai da loucura, e que o caso de Crispim Soares lhe parecia dos mais caracterizados.

Mas a prova mais evidente da influência de Simão Bacamarte foi a docilidade com que a câmara lhe entregou o próprio presidente. Este digno magistrado tinha declarado em plena sessão, que não se contentava, para lavá-lo da afronta dos Canjicas, com menos de trinta almudes de sangue; palavra que chegou aos ouvidos do alienista por boca do secretário da câmara, entusiasmado de tamanha energia. Simão Bacamarte começou por meter o secretário na Casa Verde, e foi dali à câmara, à qual declarou que o presidente estava padecendo da "demência dos touros", um gênero que ele pretendia estudar, com grande vantagem para os povos. A câmara a princípio hesitou, mas acabou cedendo.

Daí em diante foi uma coleta desenfreada. Um homem não podia dar nascença ou curso à mais simples mentira do mundo, ainda daquelas que aproveitam ao inventor ou divulgador, que não fosse logo metido na Casa Verde. Tudo era loucura. Os cultores de enigmas, os fabricantes de charadas, de anagramas, os maldizentes, os curiosos da vida alheia, os que põem todo o seu cuidado na tafularia, um ou outro almotacé enfunado, ninguém escapava aos emissários do alienista. Ele respeitava as namoradas e não poupava as namoradeiras, dizendo que as primeiras cediam a um impulso natural, e as segundas a um vício. Se um homem era avaro ou pródigo ia do mesmo modo para a Casa Verde; daí a alegação de que não havia regra para a completa sanidade mental. Alguns cronistas crêem que Simão Bacamarte nem sempre procedia com lisura, e citam em abono da afirmação (que não sei se pode ser aceita) o fato de ter alcançado da câmara uma postura autorizando o uso de um anel de prata no dedo polegar da mão esquerda, a toda a pessoa que, sem outra prova documental ou tradicional, declarasse ter nas veias duas ou três onças de sangue godo. Dizem esses cronistas que o fim secreto da insinuação à câmara foi enriquecer um ourives, amigo e compadre dele; mas, conquanto seja certo que o ourives viu prosperar o negócio depois da nova ordenação municipal, não o é menos que essa postura deu à Casa Verde uma multidão de inquilinos; pelo que, não se pode definir, sem temeridade, o verdadeiro fim do ilustre médico. Quanto à razão determinativa da captura e aposentação na Casa Verde de todos quantos usaram do anel, é um dos pontos mais obscuros da história de Itaguaí; a opinião mais verossímil é que eles foram recolhidos por andarem a gesticular, à toa, nas ruas, em casa, na igreja. Ninguém ignora que os doudos gesticulam muito. Em todo caso, é uma simples conjectura; de positivo nada há.

— Onde é que este homem vai parar? diziam os principais da terra. Ah! se nós tivéssemos apoiado os Canjicas...

Um dia de manhã, — dia em que a câmara devia dar um grande baile, — a vila inteira ficou abalada com a notícia de que a própria esposa do alienista fora metida na Casa Verde. Ninguém acreditou; devia ser invenção de algum gaiato. E não era: era a verdade pura. D. Evarista fora recolhida às duas horas da noite. O padre Lopes correu ao alienista e interrogou-o discretamente acerca do fato.

— Já há algum tempo que eu desconfiava, disse gravemente o marido. A modéstia com que ela vivera em ambos os matrimônios não podia conciliar-se com o furor das sedas, veludos, rendas e pedras preciosas que manifestou, logo que voltou do Rio de Janeiro. Desde então comecei a observá-la. Suas conversas eram todas sobre esses objetos; se eu lhe falava das antigas cortes, inquiria logo da forma dos vestidos das damas; se uma senhora a visitava, na minha ausência, antes de me dizer o objeto da visita, descrevia-me o trajo, aprovando umas cousas e censurando outras. Um dia, creio que Vossa Reverendíssima há de lembrar-se, propôs-se a fazer anualmente um vestido para a imagem de Nossa Senhora da matriz. Tudo isto eram sintomas graves; esta noite, porém, declarou-se a total demência. Tinha escolhido, preparado, enfeitado o vestuário que levaria ao baile da câmara municipal; só hesitava entre um colar de granada e outro de safira. Anteontem perguntou-me qual deles levaria; respondi-lhe que um ou outro lhe ficava bem. Ontem repetiu a pergunta, ao almoço; pouco depois de jantar fui achá-la calada e pensativa. — Que tem? perguntei-lhe. — Queria levar o colar de granada, mas acho o de safira tão bonito! — Pois leve o de safira. — Ah! mas onde fica o de granada? — Enfim, passou a tarde sem novidade. Ceamos, e deitamo-nos. Alta noite, seria hora e meia, acordo e não a vejo; levanto-me, vou ao quarto de vestir, acho-a diante dos dous colares, ensaiando-os ao espelho, ora um, ora outro. Era evidente a demência: recolhi-a logo.

O padre Lopes não se satisfez com a resposta, mas não objetou nada. O alienista, porém, percebeu e explicou-lhe que o caso de D. Evarista era de "mania sumptuária", não incurável, e em todo caso digno de estudo.

— Conto pô-la boa dentro de seis semanas, concluiu ele.

A abnegação do ilustre médico deu-lhe grande realce. Conjecturas, invenções, desconfianças, tudo caiu por terra, desde que ele não duvidou recolher à Casa Verde a própria mulher, a quem amava com todas as forças da alma. Ninguém mais tinha o direito de resistir-lhe, — menos ainda o de atribuir-lhe intuitos alheios à ciência.

Era um grande homem austero, Hipócrates forrado de Catão.

XI

O assombro de Itaguaí

E agora prepare-se o leitor para o mesmo assombro em que ficou a vila ao saber um dia que os loucos da Casa Verde iam todos ser postos na rua.

— Todos?

— Todos.

— É impossível; alguns sim, mas todos...

— Todos. Assim o disse ele no ofício que mandou hoje de manhã à câmara.

De fato o alienista oficiara à câmara expondo: — 1º, que verificara das estatísticas da vila e da Casa Verde, que quatro quintos da população estavam aposentados naquele estabelecimento; 2º, que esta deslocação de população levara-o a examinar os fundamentos da sua teoria das moléstias cerebrais, teoria que excluía do domínio da razão todos os casos em que o equilíbrio das faculdades não fosse perfeito e absoluto; 3º, que desse exame e do fato estatístico resultara para ele a convicção de que a verdadeira doutrina não era aquela, mas a oposta, e portanto que se devia admitir como normal e exemplar o desequilíbrio das faculdades, e como hipóteses patológicas todos os casos em que aquele equilíbrio fosse ininterrupto; 4º, que, à vista disso, declarava à câmara que ia dar liberdade aos reclusos da Casa Verde e agasalhar nela as pessoas que se achassem nas condições agora expostas; 5º, que, tratando de descobrir a verdade científica, não se pouparia a esforços de toda a natureza, esperando da câmara igual dedicação; 6º, que restituía à câmara e aos particulares a soma do estipêndio recebido para alojamento dos supostos loucos, descontada a parte efetivamente gasta com a alimentação, roupa, etc.; o que a câmara mandaria verificar nos livros e arcas da Casa Verde.

O assombro de Itaguaí foi grande; não foi menor a alegria dos parentes e amigos dos reclusos. Jantares, danças, luminárias, músicas, tudo houve para celebrar tão fausto acontecimento. Não descrevo as festas por não interessarem ao nosso propósito; mas foram esplêndidas, tocantes e prolongadas.

E vão assim as cousas humanas! No meio do regozijo produzido pelo ofício de Simão Bacamarte, ninguém advertia na frase final do § 4º, uma frase cheia de experiências futuras.

XII

O final do § 4.º

Apagaram-se as luminárias, reconstituíram-se as famílias, tudo parecia reposto nos antigos eixos. Reinava a ordem, a câmara exercia outra vez o governo, sem nenhuma pressão externa; o próprio presidente e o vereador Freitas tornaram aos seus lugares. O barbeiro Porfírio, ensinado pelos acontecimentos, tendo "provado tudo", como o poeta disse de Napoleão, e mais alguma cousa, porque Napoleão não provou a Casa Verde, o barbeiro achou preferível a glória obscura da navalha e da tesoura às calamidades brilhantes do poder; foi, é certo, processado; mas a população da vila implorou a clemência de Sua Majestade; daí o perdão. João Pina foi absolvido, atendendo-se a que ele derrocara um rebelde. Os cronistas pensam que deste fato é que nasceu o nosso adágio: — ladrão que furta a ladrão, tem cem anos de perdão; — adágio imoral, é verdade, mas grandemente útil.

Não só findaram as queixas contra o alienista, mas até nenhum ressentimento ficou dos atos que ele praticara; acrescendo que os reclusos da Casa Verde, desde que ele os declarara plenamente ajuizados, sentiram-se tomados de profundo reconhecimento e férvido entusiasmo. Muitos entenderam que o alienista merecia uma especial manifestação, e deram-lhe um baile, ao qual se seguiram outros bailes e jantares. Dizem as crônicas que D. Evarista a princípio tivera idéia de separar-se do consorte, mas a dor de perder a companhia de tão grande homem venceu qualquer ressentimento de amor-próprio, e o casal veio a ser ainda mais feliz do que antes.

Não menos íntima ficou a amizade do alienista e do boticário. Este concluiu do ofício de Simão Bacamarte que a prudência é a primeira das virtudes em tempos de revolução, e apreciou muito a magnanimidade do alienista que, ao dar-lhe a liberdade, estendeu-lhe a mão de amigo velho.

— É um grande homem, disse ele à mulher, referindo aquela circunstância.

Não é preciso falar do albardeiro, do Costa, do Coelho, do Martim Brito e outros, especialmente nomeados neste escrito; basta dizer que puderam exercer livremente os seus hábitos anteriores. O próprio Martim Brito, recluso por um discurso em que louvara enfaticamente D. Evarista, fez agora outro em honra do insigne médico — "cujo altíssimo gênio, elevando as asas muito acima do sol, deixou abaixo de si todos os demais espíritos da terra".

— Agradeço as suas palavras, retorquiu-lhe o alienista, e ainda me não arrependo de o haver restituído à liberdade.

Entretanto, a câmara, que respondera ao ofício de Simão Bacamarte, com a ressalva de que oportunamente estatuiria em relação ao final do § 4º, tratou enfim de legislar sobre ele. Foi adotada, sem debate, uma postura, autorizando o alienista a agasalhar na Casa Verde as pessoas que se achassem no gozo do perfeito equilíbrio das faculdades mentais. E porque a experiência da câmara tivesse sido dolorosa, estabeleceu ela a cláusula de que a autorização era provisória, limitada a um ano, para o fim de ser experimentada a nova teoria psicológica, podendo a câmara, antes mesmo daquele prazo, mandar fechar a Casa Verde, se a isso fosse aconselhada por motivos de ordem pública. O vereador Freitas propôs também a declaração de que em nenhum caso fossem os vereadores recolhidos ao asilo dos alienados: cláusula que foi aceita, votada e incluída na postura, apesar das reclamações do vereador Galvão. O argumento principal deste magistrado é que a câmara, legislando sobre uma experiência científica, não podia excluir as pessoas dos seus membros das conseqüências da lei; a exceção era odiosa e ridícula. Mal proferira estas duras palavras, romperam os vereadores em altos brados contra a audácia e insensatez do colega; este, porém, ouviu-os e limitou-se a dizer que votava contra a exceção.

— A vereança, concluiu ele, não nos dá nenhum poder especial nem nos elimina do espírito humano.

Simão Bacamarte aceitou a postura com todas as restrições. Quanto à exclusão dos vereadores, declarou que teria profundo sentimento se fosse compelido a recolhê-los à Casa Verde; a cláusula, porém, era a melhor prova de que eles não padeciam do perfeito equilíbrio das faculdades mentais. Não acontecia o mesmo ao vereador Galvão, cujo acerto na objeção feita, e cuja moderação na resposta dada às invectivas dos colegas mostravam da parte dele um cérebro bem organizado; pelo que, rogava à câmara que lho entregasse. A câmara, sentindo-se ainda agravada pelo proceder do vereador Galvão, estimou o pedido do alienista, e votou unanimemente a entrega.

Compreende-se que, pela teoria nova, não bastava um fato ou um dito, para recolher alguém à Casa Verde; era pre-

— Ia de rua em rua, de casa em casa, espreitando, interrogando, estudando.

ciso um longo exame, um vasto inquérito do passado e do presente. O padre Lopes, por exemplo, só foi capturado trinta dias depois da postura, a mulher do boticário quarenta dias. A reclusão desta senhora encheu o consorte de indignação. Crispim Soares saiu de casa espumando de cólera e declarando às pessoas a quem encontrava que ia arrancar as orelhas ao tirano. Um sujeito, adversário do alienista, ouvindo na rua essa notícia, esqueceu os motivos de dissidência, e correu à casa de Simão Bacamarte a participar-lhe o perigo que corria. Simão Bacamarte mostrou-se grato ao procedimento do adversário, e poucos minutos lhe bastaram para conhecer a retidão dos seus sentimentos, a boa-fé, o respeito humano, a generosidade; apertou-lhe muito as mãos, e recolheu-o à Casa Verde.

— Um caso destes é raro, disse ele à mulher pasmada. Agora esperemos o nosso Crispim.

Crispim Soares entrou. A dor vencera a raiva, o boticário não arrancou as orelhas ao alienista. Este consolou o seu privado, assegurando-lhe que não era caso perdido; talvez a mulher tivesse alguma lesão cerebral; ia examiná-la com muita atenção; mas antes disso não podia deixá-la na rua. E parecendo-lhe vantajoso reuni-los, porque a astúcia e velhacaria do marido poderiam de certo modo curar a beleza moral que ele descobrira na esposa, disse Simão Bacamarte:

— O senhor trabalhará durante o dia na botica, mas almoçará e jantará com sua mulher, e cá passará as noites, e os domingos e dias santos.

A proposta colocou o pobre boticário na situação do asno de Buridan. Queria viver com a mulher, mas temia voltar à Casa Verde; e nessa luta esteve algum tempo, até que D. Evarista o tirou da dificuldade, prometendo que se incumbiria de ver a amiga e transmitir os recados de um para outro. Crispim Soares beijou-lhe as mãos agradecido. Este último rasgo de egoísmo pusilânime pareceu sublime ao alienista.

Ao cabo de cinco meses estavam alojadas umas dezoito pessoas; mas Simão Bacamarte não afrouxava; ia de rua em rua, de casa em casa, espreitando, interrogando, estudando; e quando colhia um enfermo, levava-o com a mesma alegria com que outrora os arrebanhava às dúzias. Essa mesma desproporção confirmava a teoria nova; achara-se enfim a verdadeira patologia cerebral. Um dia, conseguiu meter na Casa Verde o juiz de fora; mas procedia com tanto escrúpulo, que o não fez senão depois de estudar minuciosamente todos os seus atos, e interrogar os principais da vila. Mais de uma vez esteve prestes a recolher pessoas perfeitamente desequilibradas; foi o que se deu com um advogado, em quem reconheceu um tal conjunto de qualidades morais e mentais, que era perigoso deixá-lo na rua. Mandou prendê-lo; mas o agente, desconfiadc, pediu-lhe para fazer uma experiência; foi ter com um compadre, demandado por um testamento falso, e deu-lhe de conselho que tomasse por advogado o Salustiano; era o nome da pessoa em questão.

— Então parece-lhe...?

— Sem dúvida: vá, confesse tudo, a verdade inteira, seja qual for, e confie-lhe a causa.

O homem foi ter com o advogado, confessou ter falsificado o testamento, e acabou pedindo que lhe tomasse a causa Não se negou o advogado, estudou os papéis, arrazoou longamente, e provou a todas as luzes que o testamento era mais que verdadeiro. A inocência do réu foi solenemente proclamada pelo juiz, e a herança passou-lhe às mãos. O distinto jurisconsulto deveu a esta experiência a liberdade. Mas nada escapa a um espírito original e penetrante. Simão Bacamarte, que desde algum tempo notava o zelo, a sagacidade, a paciência, a moderação daquele agente, reconheceu a habilidade e o tino com que ele levara a cabo uma experiência tão melindrosa e complicada, e determinou recolhê-lo imediatamente à Casa Verde: deu-lhe, todavia, um dos melhores cubículos.

Os alienados foram alojados por classes. Fez-se uma galeria de modestos, isto é, os loucos em quem predominava esta perfeição moral; outra de tolerantes, outra de verídicos, outra de símplices, outra de leais, outra de magnânimos, outra de sagazes, outra de sinceros, etc. Naturalmente, as famílias e os amigos dos reclusos bradavam contra a teoria; e alguns tentaram compelir a câmara a cassar a licença. A câmara, porém, não esquecera a linguagem do vereador Galvão, e, se cassasse a licença, vê-lo-ia na rua, e restituído ao lugar; pelo que, recusou. Simão Bacamarte oficiou aos vereadores, não agradecendo, mas felicitando-os por esse ato de vingança pessoal.

Desenganados da legalidade, alguns principais da vila recorreram secretamente ao barbeiro Porfírio e afiançaram-lhe todo o apoio de gente, dinheiro e influência na corte, se ele se pusesse à testa de outro movimento contra a câmara e o alienista. O barbeiro respondeu-lhes que não; que a ambição o levara da primeira vez a transgredir as leis, mas que ele se emendara, reconhecendo o erro próprio e a pouca consistência da opinião dos seus mesmos sequazes; que a câmara entendera autorizar a nova experiência do alienista, por um ano: cumpria, ou esperar o fim do prazo, ou requerer ao vice-rei, caso a mesma câmara rejeitasse o pedido. Jamais aconselharia o emprego de um recurso que ele viu falhar em suas mãos, e isso a troco de mortes e ferimentos que seriam o seu eterno remorso.

— O que é que me está dizendo? perguntou o alienista quando um agente secreto lhe contou a conversação do barbeiro com os principais da vila.

Dous dias depois o barbeiro era recolhido à Casa Verde.
— Preso por ter cão, preso por não ter cão! exclamou o infeliz.

Chegou o fim do prazo, a câmara autorizou um prazo suplementar de seis meses para ensaio dos meios terapêuticos. O desfecho deste episódio da crônica itaguaiense é de tal ordem, e tão inesperado, que merecia nada menos de dez capítulos de exposição; mas contento-me com um, que será o remate da narrativa, e um dos mais belos exemplos de convicção científica e abnegação humana.

XIII

Plus ultra!

Era a vez da terapêutica. Simão Bacamarte, ativo e sagaz em descobrir enfermos, excedeu-se ainda na diligência e penetração com que principiou a tratá-los. Neste ponto todos os cronistas estão de pleno acordo: o ilustre alienista fez curas pasmosas, que excitaram a mais viva admiração em Itaguaí.

Com efeito, era difícil imaginar mais racional sistema terapêutico. Estando os loucos divididos por classes, segundo a perfeição moral que em cada um deles excedia às outras, Simão Bacamarte cuidou em atacar de frente a qualidade predominante. Suponhamos um modesto. Ele aplicava a medicação que pudesse incutir-lhe o sentimento oposto; e não ia logo às doses máximas, — graduava-as, conforme o estado, a idade, o temperamento, a posição social do enfermo. Às vezes bastava uma casaca, uma fita, uma cabeleira, uma bengala, para restituir a razão ao alienado; em outros casos a moléstia era mais rebelde; recorria então aos anéis de brilhantes, às distinções honoríficas, etc. Houve um doente, poeta, que resistiu a tudo. Simão Bacamarte começava a desesperar da cura, quando teve idéia de mandar correr matraca, para o fim de o apregoar como um rival de Garção e de Píndaro.

— Foi um santo remédio, contava a mãe do infeliz a uma comadre; foi um santo remédio.

Outro doente, também modesto, opôs a mesma rebeldia à medicação; mas não sendo escritor (mal sabia assinar o nome), não se lhe podia aplicar o remédio da matraca. Simão Bacamarte lembrou-se de pedir para ele o lugar de secretário da Academia dos Encobertos estabelecida em Itaguaí. Os lugares de presidente e secretários eram de nomeação régia, por especial graça do finado rei Dom João V, e implicavam o tratamento de Excelência e o uso de uma placa de ouro no chapéu. O governo de Lisboa recusou o diploma; mas representando o alienista que o não pedia como prêmio honorífico ou distinção legítima, e somente como um meio terapêutico para um caso difícil, o governo cedeu excepcionalmente à súplica; e ainda assim não o fez sem extraordinário esforço do ministro de marinha e ultramar, que vinha a ser primo do alienado. Foi outro santo remédio.

— Realmente, é admirável! dizia-se nas ruas, ao ver a expressão sadia e enfunada dos dois ex-dementes.

Tal era o sistema. Imagina-se o resto. Cada beleza moral ou mental era atacada no ponto em que a perfeição parecia mais sólida; e o efeito era certo. Nem sempre era certo. Casos houve em que a qualidade predominante resistia a tudo; então, o alienista atacava outra parte, aplicando à terapêutica o método da estratégia militar, que toma uma fortaleza por um ponto, se por outro o não pode conseguir.

No fim de cinco meses e meio estava vazia a Casa Verde; todos curados! O vereador Galvão, tão cruelmente afligido de moderação e eqüidade, teve a felicidade de perder um tio; digo felicidade, porque o tio deixou um testamento ambíguo, e ele obteve uma boa interpretação, corrompendo os juízes, e embaçando os outros herdeiros. A sinceridade do alienista manifestou-se nesse lance; confessou ingenuamente que não teve parte na cura: foi a simples *vis medicatrix* da natureza. Não aconteceu o mesmo com o padre Lopes. Sabendo o alienista que ele ignorava perfeitamente o hebraico e o grego, incumbiu-o de fazer uma análise crítica da versão dos Setenta; o padre aceitou a incumbência, e em boa hora o fez; ao cabo de dois meses possuía um livro e a liberdade. Quanto à senhora do boticário, não ficou muito tempo na célula que lhe coube, e onde aliás lhe não faltaram carinhos.

— Por que é que o Crispim não vem visitar-me? dizia ela todos os dias.

Respondiam-lhe ora uma cousa, ora outra; afinal disseram-lhe a verdade inteira. A digna matrona não pôde conter a indignação e a vergonha. Nas explosões da cólera escaparam-lhe expressões soltas e vagas, como estas:

— Tratante!... velhaco!... ingrato!... Um patife que tem feito casas à custa de ungüentos falsificados e podres... Ah! tratante!...

Simão Bacamarte advertiu que, ainda quando não fosse verdadeira a acusação contida nestas palavras, bastavam elas para mostrar que a excelente senhora estava enfim restituída ao perfeito desequilíbrio das faculdades; e prontamente lhe deu alta.

Agora, se imaginais que o alienista ficou radiante ao ver sair o último hóspede da Casa Verde, mostrais com isso que ainda não conheceis o nosso homem. *Plus ultra!* era a sua divisa. Não lhe bastava ter descoberto a teoria verdadeira da loucura; não o contentava ter estabelecido em Itaguaí o reinado da razão. *Plus ultra!* Não ficou alegre, ficou preocupado, cogitativo; alguma cousa lhe dizia que a teoria nova tinha, em si mesma, outra e novíssima teoria.

— Vejamos, pensava ele; vejamos se chego enfim à última verdade.

Dizia isto, passeando ao longo da vasta sala, onde fulgurava a mais rica biblioteca dos domínios ultramarinos de Sua Majestade. Um amplo chambre de damasco, preso à cintura por um cordão de seda, com borlas de ouro (presente de uma Universidade) envolvia o corpo majestoso e austero do ilustre alienista. A cabeleira cobria-lhe uma extensa e nobre calva adquirida nas cogitações quotidianas da ciência. Os pés, não delgados e femininos, não graúdos e mariolas, mas proporcionados ao vulto, eram resguardados por um par de sapatos cujas fivelas não passavam de simples e modesto latão. Vede a diferença: — só se lhe notava luxo naquilo que era de origem científica; o que propriamente vinha dele trazia a cor da moderação e da singeleza, virtudes tão ajustadas à pessoa de um sábio.

Era assim que ele ia, o grande alienista, de um cabo a outro da vasta biblioteca, metido em si mesmo, estranho a todas as cousas que não fosse o tenebroso problema da patologia cerebral. Súbito, parou. Em pé, diante de uma janela, com o cotovelo esquerdo apoiado na mão direita, aberta, e o queixo na mão esquerda, fechada, perguntou ele a si:

— Mas deveras estariam eles doudos, e foram curados por mim, — ou o que pareceu cura, não foi mais do que a descoberta do perfeito desequilíbrio do cérebro?

E cavando por aí abaixo, eis o resultado a que chegou: os cérebros bem organizados que ele acabava de curar, eram tão desequilibrados como os outros. Sim, dizia ele consigo, eu não posso ter a pretensão de haver-lhes incutido um sentimento ou uma faculdade nova; uma e outra cousa existiam no estado latente, mas existiam.

Chegado a esta conclusão, o ilustre alienista teve duas sensações contrárias, uma de gozo, outra de abatimento. A de gozo foi por ver que, ao cabo de longas e pacientes investigações, constantes trabalhos, luta ingente com o povo, podia afirmar esta verdade: — não havia loucos em Itaguaí; Itaguaí não possuía um só mentecapto. Mas tão depressa esta idéia lhe refrescara a alma, outra apareceu que neutralizou o primeiro efeito; foi a idéia da dúvida. Pois quê! Itaguaí não possuiria um único cérebro concertado? Esta conclusão tão absoluta, não seria por isso mesmo errônea, e não vinha, portanto, destruir o largo e majestoso edifício da nova doutrina psicológica?

A aflição do egrégio Simão Bacamarte é definida pelos cronistas itaguaienses como uma das mais medonhas tempestades morais que tem desabado sobre o homem. Mas as tempestades só aterram os fracos; os fortes enrijam-se contra elas e fitam o trovão. Vinte minutos depois alumiou-se a fisionomia do alienista de uma suave claridade.

— Sim, há de ser isso, pensou ele.

Isso é isto. Simão Bacamarte achou em si os característicos do perfeito equilíbrio mental e moral; pareceu-lhe que possuía a sagacidade, a paciência, a perseverança, a tolerância, a veracidade, o vigor moral, a lealdade, todas as qualidades enfim que podem formar um acabado mentecapto. Duvidou logo, é certo, e chegou mesmo a concluir que era ilusão; mas sendo homem prudente, resolveu convocar um conselho de amigos, a quem interrogou com franqueza. A opinião foi afirmativa.

— Nenhum defeito?

— Nenhum, disse em coro a assembléia.

— Nenhum vício?

— Nada.

— Tudo perfeito?

— Tudo.

— Não, impossível, bradou o alienista. Digo que não sinto em mim essa superioridade que acabo de ver definir com tanta magnificência. A simpatia é que vos faz falar. Estudo-me e nada acho que justifique os excessos da vossa bondade.

A assembléia insistiu; o alienista resistiu; finalmente o padre Lopes explicou tudo com este conceito digno de um observador:

— Sabe a razão por que não vê as suas elevadas qualidades, que aliás todos nós admiramos? É porque tem ainda uma qualidade que realça as outras: — a modéstia.

Era decisivo. Simão Bacamarte curvou a cabeça juntamente alegre e triste, e ainda mais alegre do que triste. Ato contínuo, recolheu-se à Casa Verde. Em vão a mulher e os amigos lhe disseram que ficasse, que estava perfeitamente são e equilibrado: nem rogos nem sugestões nem lágrimas o detiveram um só instante.

— A questão é científica, dizia ele; trata-se de uma doutrina nova, cujo primeiro exemplo sou eu. Reúno em mim mesmo a teoria e a prática.

— Simão! Simão! meu amor! dizia-lhe a esposa com o rosto lavado em lágrimas.

Mas o ilustre médico, com os olhos acesos da convicção científica, trancou os ouvidos à saudade da mulher, e brandamente a repeliu. Fechada a porta da Casa Verde, entregou-se ao estudo e à cura de si mesmo. Dizem os cronistas que ele morreu dali a dezessete meses, no mesmo estado em que entrou, sem ter podido alcançar nada. Alguns chegam ao ponto de conjecturar que nunca houve outro louco, além dele, em Itaguaí; mas esta opinião, fundada em um boato que correu desde que o alienista expirou, não tem outra prova, senão o boato; e boato duvidoso, pois é atribuído ao padre Lopes, que com tanto fogo realçara as qualidades do grande homem. Seja como for, efetuou-se o enterro com muita pompa e rara solenidade.

TEORIA DO MEDALHÃO

DIÁLOGO

— Estás com sono?

— Não, senhor.

— Nem eu; conversemos um pouco. Abre a janela. Que horas são?

— Onze.

— Saiu o último conviva do nosso modesto jantar. Com que, meu peralta, chegaste aos teus vinte e um anos. Há vinte e um anos, no dia 5 de agosto de 1854, vinhas tu à luz, um pirralho de nada, e estás homem, longos bigodes, alguns namoros...

— Papai...

— Não te ponhas com denguices, e falemos como dous amigos sérios. Fecha aquela porta; vou dizer-te cousas importantes. Senta-te e conversemos. Vinte e um anos, algumas apólices, um diploma, podes entrar no parlamento, na magistratura, na imprensa, na lavoura, na indústria, no comércio, nas letras ou nas artes. Há infinitas carreiras diante de ti. Vinte e um anos, meu rapaz, formam apenas a primeira sílaba do nosso destino. Os mesmos Pitt e Napoleão, apesar de precoces, não foram tudo aos vinte e um anos. Mas, qualquer que seja a profissão da tua escolha, o meu desejo é que te faças grande e ilustre, ou pelo menos notável, que te levantes acima da obscuridade comum. A vida, Janjão, é uma enorme loteria;

os prêmios são poucos, os malogrados inúmeros, e com os suspiros de uma geração é que se amassam as esperanças de outra. Isto é a vida; não há planger, nem imprecar, mas aceitar as cousas integralmente, com seus ônus e precalços, glórias e desdouros, e ir por diante.

— Sim, senhor.

— Entretanto, assim como é de boa economia guardar um pão para a velhice, assim também é de boa prática social acautelar um ofício para a hipótese de que os outros falhem, ou não indenizem suficientemente o esforço da nossa ambição. É isto o que te aconselho hoje, dia da tua maioridade.

— Creia que lhe agradeço; mas que ofício, não me dirá?

— Nenhum me parece mais útil e cabido que o de medalhão. Ser medalhão foi o sonho da minha mocidade; faltaram-me, porém, as instruções de um pai, e acabo como vês, sem outra consolação e relevo moral, além das esperanças que deposito em ti. Ouve-me bem, meu querido filho, ouve-me e entende. És moço, tens naturalmente o ardor, a exuberância, os improvisos da idade; não os rejeites, mas modera-os de modo que aos quarenta e cinco anos possas entrar francamente no regímen do aprumo e do compasso. O sábio que disse: "a gravidade é um mistério do corpo", definiu a compostura do medalhão. Não confundas essa gravidade com aquela outra que, embora resida no aspecto, é um puro reflexo ou emanação do espírito; essa é do corpo, tão-somente do corpo, um sinal da natureza ou um jeito da vida. Quanto à idade de quarenta e cinco anos...

— É verdade, por que quarenta e cinco anos?

— Não é, como podes supor, um limite arbitrário, filho do puro capricho; é a data normal do fenômeno. Geralmente, o verdadeiro medalhão começa a manifestar-se entre os quarenta e cinco e cinqüenta anos, conquanto alguns exemplos se dêem entre os cinqüenta e cinco e os sessenta; mas estes são raros. Há-os também de quarenta anos, e outros mais precoces, de trinta e cinco e de trinta; não são, todavia vulgares. Não falo dos de vinte e cinco anos: esse madrugar é privilégio do gênio.

— Entendo.

— Venhamos ao principal. Uma vez entrado na carreira, deves pôr todo o cuidado nas idéias que houveres de nutrir para uso alheio e próprio. O melhor será não as ter absolutamente; cousa que entenderás bem, imaginando, por exemplo, um ator defraudado do uso de um braço. Ele pode, por um milagre de artifício, dissimular o defeito aos olhos da platéia; mas era muito melhor dispor dos dous. O mesmo se dá com as idéias; pode-se, com violência, abafá-las, escondê-las até à morte; mas nem essa habilidade é comum, nem tão constante esforço conviria ao exercício da vida.

— Mas quem lhe diz que eu...

— Tu, meu filho, se me não engano, pareces dotado da perfeita inópia mental, conveniente ao uso deste nobre ofício. Não me refiro tanto à fidelidade com que repetes numa sala as opiniões ouvidas numa esquina, e vice-versa, porque esse fato, posto indique certa carência de idéias, ainda assim pode não passar de uma traição da memória. Não; refiro-me ao gesto correto e perfilado com que usas expender francamente as tuas simpatias ou antipatias acerca do corte de um colete, das dimensões de um chapéu, do ranger ou calar das botas novas. Eis aí um sintoma eloqüente, eis aí uma esperança. No entanto, podendo acontecer que, com a idade, venhas a ser afligido de algumas idéias próprias, urge aparelhar fortemente o espírito. As idéias são de sua natureza espontâneas e súbitas; por mais que as sofreemos, elas irrompem e precipitam-se. Daí a certeza com que o vulgo, cujo faro é extremamente delicado, distingue o medalhão completo do medalhão incompleto.

— Creio que assim seja; mas um tal obstáculo é invencível.

— Não é; há um meio; é lançar mão de um regímen debilitante, ler compêndios de retórica, ouvir certos discursos, etc. O voltarete, o dominó e o *whist* são remédios aprovados. O *whist* tem até a rara vantagem de acostumar ao silêncio, que é a forma mais acentuada da circunspecção. Não digo o mesmo da natação, da equitação e da ginástica, embora elas façam repousar o cérebro; mas por isso mesmo que o fazem repousar. restituem-lhe as forças e a atividade perdidas. O bilhar é excelente.

— Como assim, se também é um exercício corporal?

— Não digo que não, mas há cousas em que a observação desmente a teoria. Se te aconselho excepcionalmente o bilhar é porque as estatísticas mais escrupulosas mostram que três quartas partes dos habituados do taco partilham as opiniões do mesmo taco. O passeio nas ruas, mormente nas de recreio e parada, é utilíssimo, com a condição de não andares desacompanhado, porque a solidão é oficina de idéias, e o espírito deixado a si mesmo, embora no meio da multidão, pode adquirir uma tal ou qual atividade.

— Mas se eu não tiver à mão um amigo apto e disposto a ir comigo?

— Não faz mal; tens o valente recurso de mesclar-te aos pasmatórios, em que toda a poeira da solidão se dissipa. As livrarias, ou por causa da atmosfera do lugar, ou por qualquer outra razão que me escapa, não são propícias ao nosso fim; e, não obstante, há grande conveniência em entrar por elas, de quando em quando, não digo às ocultas, mas às escâncaras. Podes resolver a dificuldade de um modo simples: vai ali falar do boato do dia, da anedota da semana, de um contrabando, de uma calúnia, de um cometa, de qualquer cousa, quando não prefiras interrogar diretamente os leitores habituais das belas crônicas de Mazade; 75 por cento desses estimáveis cavalheiros repetir-te-ão as mesmas opiniões, e uma tal monotonia é grandemente saudável. Com este regímen, durante oito, dez, dezoito meses — suponhamos dous anos, — reduzes o intelecto, por mais pródigo que seja, à sobriedade, à disciplina, ao equilíbrio comum. Não trato do vocabulário, porque ele está subentendido no uso das idéias; há de ser naturalmente simples, tíbio, apoucado, sem notas vermelhas, sem cores de clarim...

— Isto é o diabo! Não poder adornar o estilo, de quando em quando...

— Podes; podes empregar umas quantas figuras expressivas, a hidra de Lerna, por exemplo, a cabeça de Medusa, o tonel das Danaides, as asas de Ícaro, e outras, que românticos, clássicos e realistas empregam sem desar, quando precisam delas. Sentenças latinas, ditos históricos, versos célebres, brocardos jurídicos, máximas, é de bom aviso trazê-los contigo para os discursos de sobremesa, de felicitação, ou de agradecimento. *Caveant consules*[1] é um excelente fecho de artigo político; o mesmo direi do *Si vis pacem para bellum.*[2] Alguns costumam renovar o sabor de uma citação intercalando-a numa frase nova, original e bela, mas não te aconselho esse artifício: seria desnaturar-lhe as graças vetustas. Melhor do que tudo isso, porém, que afinal não passa de mero adorno, são as frases feitas, as locuções convencionais, as fórmulas consagradas pelos anos, incrustadas na memória individual e pública. Essas fórmulas têm a vantagem de não obrigar os outros a um esforço inútil. Não as relaciono agora, mas fá-lo-ei por escrito. De resto, o mesmo ofício te irá ensinando os elementos dessa arte difícil de pensar o pensado. Quanto à utilidade de um tal sistema, basta figurar uma hipótese. Faz-se uma lei, executa-se, não produz efeito, subsiste o mal. Eis aí uma questão que pode aguçar as curiosidades vadias, dar ensejo a um inquérito pedantesco, a uma coleta fastidiosa de documentos e observações, análise das causas prováveis, causas certas, causas possíveis, um estudo infinito das aptidões do sujeito reformado, da natureza do mal, da manipulação do remédio, das circunstâncias da aplicação; matéria, enfim, para todo um andaime de palavras, conceitos, e desvarios. Tu poupas aos teus semelhantes todo esse imenso aranzel, tu dizes simplesmente: Antes das leis, reformemos os costumes! — E esta frase sintética, transparente, límpida, tirada ao pecúlio comum, resolve mais depressa o problema, entra pelos espíritos como um jorro súbito de sol.

— Vejo por aí que vosmecê condena toda e qualquer aplicação de processos modernos.

— Entendamo-nos. Condeno a aplicação, louvo a denominação. O mesmo direi de toda a recente terminologia científica; deves decorá-la. Conquanto o rasgo peculiar do me-

1 (Latim): "Acautelem-se os cônsules."
2 (Id.): "Se queres a paz, prepara a guerra."

dalhão seja uma certa atitude de deus Término, e as ciências sejam obra do movimento humano, como tens de ser medalhão mais tarde, convém tomar as armas do teu tempo. E de duas uma: — ou elas estarão usadas e divulgadas daqui a trinta anos, ou conservar-se-ão novas; no primeiro caso, pertencem-te de foro próprio; no segundo, podes ter a coquetice de as trazer, para mostrar que também és pintor. De outiva, com o tempo, irás sabendo a que leis, casos e fenômenos responde toda essa terminologia; porque o método de interrogar os próprios mestres e oficiais da ciência, nos seus livros, estudos e memórias, além de tedioso e cansativo, traz o perigo de inocular idéias novas, e é radicalmente falso. Acresce que no dia em que viesses a assenhorear-te do espírito daquelas leis e fórmulas, serias provavelmente levado a empregá-las com um tal ou qual comedimento, como a costureira — esperta e afreguesada, — que, segundo um poeta clássico,

> Quanto mais pano tem, mais poupa o corte,
> Menos monte alardeia de retalhos;

e este fenômeno, tratando-se de um medalhão, é que não seria científico.

— Upa, que a profissão é difícil!

— E ainda não chegamos ao cabo.

— Vamos a ele.

— Não te falei ainda dos benefícios da publicidade. A publicidade é uma dona loureira e senhoril, que tu deves requestar à força de pequenos mimos, confeitos, almofadinhas, cousas miúdas, que antes exprimem a constância do afeto do que o atrevimento e a ambição. Que D. Quixote solicite os favores dela mediante ações heróicas ou custosas, é um sestro próprio desse ilustre lunático. O verdadeiro medalhão tem outra política. Longe de inventar um *Tratado científico da criação dos carneiros,* compra um carneiro e dá-o aos amigos sob a forma de um jantar, cuja notícia não pode ser indiferente aos seus concidadãos. Uma notícia traz outra; cinco, dez, vinte vezes põe o teu nome ante os olhos do mundo. Comissões ou deputações para felicitar um agraciado, um benerito, um forasteiro, têm singulares merecimentos, e assim as irmandades e associações diversas, sejam mitológicas, cinegéticas ou coreográficas. Os sucessos de certa ordem, embora de pouca monta, podem ser trazidos a lume, contanto que ponham em relevo a tua pessoa. Explico-me. Se caíres de um carro, sem outro dano, além do susto, é útil mandá-lo dizer aos quatro ventos, não pelo fato em si, que é insignificante, mas pelo efeito de recordar um nome caro às afeições gerais. Percebeste?

— Percebi.

— Essa é publicidade constante, barata, fácil, de todos os dias; mas há outra. Qualquer que seja a teoria das artes. é fora de dúvida que o sentimento da família, a amizade pessoal e a estima pública instigam à reprodução das feições de um homem amado ou benemérito. Nada obsta a que sejas objeto de uma tal distinção, principalmente se a sagacidade dos amigos não achar em ti repugnância. Em semelhante caso, não só as regras da mais vulgar polidez mandam aceitar o retrato ou o busto, como seria desazado impedir que os amigos o expusessem em qualquer casa pública. Dessa maneira o nome fica ligado à pessoa; os que houverem lido o teu recente discurso (suponhamos) na sessão inaugural da União dos Cabeleireiros, reconhecerão na compostura das feições o autor dessa obra grave, em que a "alavanca do progresso" e o "suor do trabalho" vencem as "fauces hiantes" da miséria. No caso de que uma comissão te leve a casa o retrato, deves agradecer-lhe o obséquio com um discurso cheio de gratidão e um copo d'água: é uso antigo, razoável e honesto. Convidarás então os melhores amigos, os parentes, e, se for possível, uma ou duas pessoas de representação. Mais. Se esse dia é um dia de glória ou regozijo, não vejo que possas, decentemente, recusar um lugar à mesa aos *reporters* dos jornais. Em todo o caso, se as obrigações desses cidadãos os retiverem noutra parte, podes ajudá-los de certa maneira, redigindo tu mesmo a notícia da festa; e, dado que por um tal ou qual escrúpulo, aliás desculpável, não queiras com a própria mão anexar ao teu nome os qualificativos dignos dele, incumbe a notícia a algum amigo ou parente.

O verdadeiro medalhão tem outra política.

— Digo-lhe que o que vosmecê me ensina não é nada fácil.

— Nem eu te digo outra cousa. É difícil, come tempo, muito tempo, leva anos, paciência, trabalho, e felizes os que chegam a entrar na terra prometida! Os que lá não penetram, engole-os a obscuridade. Mas os que triunfam! E tu triunfarás, crê-me. Verás cair as muralhas de Jericó ao som das trompas sagradas. Só então poderás dizer que estás fixado. Começa nesse dia a tua fase de ornamento indispensável, de figura obrigada, de rótulo. Acabou-se a necessidade de farejar ocasiões, comissões, irmandades; elas virão ter contigo, com o seu ar pesadão e cru de substantivos desadjetivados, e tu serás o adjetivo dessas orações opacas, o *odorífero* das flores, o *anilado* dos céus, o *prestimoso* dos cidadãos, o *noticioso* e *suculento* dos relatórios. E ser isso é o principal, porque o adjetivo é a alma do idioma, a sua porção idealista e metafísica. O substantivo é a realidade nua e crua, é o naturalismo do vocabulário.

— E parece-lhe que todo esse ofício é apenas um sobressalente para os *deficits* da vida?

— Decerto; não fica excluída nenhuma outra atividade.

— Nem política?

— Nem política. Toda a questão é não infringir as regras e obrigações capitais. Podes pertencer a qualquer partido, liberal ou conservador, republicano ou ultramontano, com a cláusula única de não ligar nenhuma idéia especial a esses vocábulos, e reconhecer-lhe somente a utilidade do *scibboleth* bíblico.

— Se for ao parlamento, posso ocupar a tribuna?

— Podes e deves; é um modo de convocar a atenção pública. Quanto à matéria dos discursos, tens à escolha: — ou os negócios miúdos, ou a metafísica política, mas prefere a metafísica. Os negócios miúdos, força é confessá-lo, não desdizem daquela chateza de bom-tom, própria de um medalhão acabado; mas, se puderes, adota a metafísica; — é mais fácil e mais atraente. Supõe que desejas saber por que motivo a 7ª companhia de infantaria foi transferida de Uruguaiana para Canguçu; serás ouvido tão-somente pelo ministro da guerra, que te explicará em dez minutos as razões desse ato. Não assim a metafísica. Um discurso de metafísica política apaixona naturalmente os partidos e o público, chama os apartes e as respostas. E depois não obriga a pensar e descobrir. Nesse ramo dos conhecimentos humanos tudo está achado, formulado, rotulado, encaixotado; é só prover os alforjes da memória. Em todo caso, não transcendas nunca os limites de uma invejável vulgaridade.

— Farei o que puder. Nenhuma imaginação?

— Nenhuma; antes faze correr o boato de que um tal dom é ínfimo.

— Nenhuma filosofia?

— Entendamo-nos: no papel e na língua alguma, na realidade nada. "Filosofia da história", por exemplo, é uma locução que deves empregar com freqüência, mas proíbo-te que chegues a outras conclusões que não sejam as já achadas por outros. Foge a tudo que possa cheirar a reflexão, originalidade, etc., etc.

— Também ao riso?

— Como ao riso?

— Ficar sério, muito sério...

— Conforme. Tens um gênio folgazão, prazenteiro, não hás de sofreá-lo nem eliminá-lo; podes brincar e rir alguma vez. Medalhão não quer dizer melancólico. Um grave pode ter seus momentos de expansão alegre. Somente, — e este ponto é melindroso...

— Diga...

— Somente não deves empregar a ironia, esse movimento ao canto da boca, cheio de mistérios, inventado por algum grego da decadência, contraído por Luciano, transmitido a Swift e Voltaire, feição própria dos cépticos e desabusados. Não. Usa antes a chalaça, a nossa boa chalaça amiga, gorducha, redonda, franca, sem biocos, nem véus, que se mete pela cara dos outros, estala como uma palmada, faz pular o sangue nas veias, e arrebentar de riso os suspensórios. Usa a chalaça. Que é isto?

— Meia-noite.

— Meia-noite? Entras nos teus vinte e dois anos, meu peralta; estás definitivamente maior. Vamos dormir, que é tarde. Rumina bem o que te disse, meu filho. Guardadas as proporções, a conversa desta noite vale o *Príncipe* de Machiavelli. Vamos dormir.

A CHINELA TURCA

Vede o bacharel Duarte. Acaba de compor o mais teso e correto laço de gravata que apareceu naquele ano de 1850, e anunciam-lhe a visita do major Lopo Alves. Notai que é de noite, e passa de nove horas. Duarte estremeceu e tinha duas razões para isso. A primeira era ser o major, em qualquer ocasião, um dos mais enfadonhos sujeitos do tempo. A segunda é que ele preparava-se justamente para ir ver, em um baile, os mais finos cabelos louros e os mais pensativos olhos azuis, que este nosso clima, tão avaro deles, produzira. Datava de uma semana aquele namoro. Seu coração, deixando-se prender entre duas valsas, confiou aos olhos, que eram castanhos, uma declaração em regra, que eles pontualmente transmitiram à moça, dez minutos antes da ceia, recebendo favorável resposta logo depois do chocolate. Três dias depois, estava a caminho a primeira carta, e pelo jeito que levavam as cousas não era de admirar que, antes do fim do ano, estivessem ambos a caminho da igreja. Nestas circunstâncias, a chegada de Lopo Alves era uma verdadeira calamidade. Velho amigo da família, companheiro de seu finado pai no exército, tinha jus o major a todos os respeitos. Impossível despedi-lo ou tratá-lo com frieza. Havia felizmente uma circunstância atenuante; o major era aparentado com Cecília, a moça dos olhos azuis; em caso de necessidade, era um voto seguro.

Duarte enfiou um chambre e dirigiu-se para a sala, onde Lopo Alves, com um rolo debaixo do braço e os olhos fitos no ar, parecia totalmente alheio à chegada do bacharel.

— Que bom vento o trouxe a Catumbi a semelhante hora? perguntou Duarte, dando à voz uma expressão de prazer, aconselhada não menos pelo interesse que pelo bom-tom.

— Não sei se o vento que me trouxe é bom ou mau, respondeu o major sorrindo por baixo do espesso bigode grisalho; sei que foi um vento rijo. Vai sair?

— Vou ao Rio Comprido.

— Já sei; vai à casa da viúva Meneses. Minha mulher e as pequenas já lá devem estar: eu irei mais tarde, se puder. Creio que é cedo, não?

Lopo Alves tirou o relógio e viu que eram nove horas e meia. Passou a mão pelo bigode, levantou-se, deu alguns passos na sala, tornou a sentar-se e disse:

— Dou-lhe uma notícia, que certamente não espera. Saiba que fiz... fiz um drama.

— Um drama! exclamou o bacharel.

— Que quer? Desde criança padeci destes achaques literários. O serviço militar não foi remédio que me curasse, foi um paliativo. A doença regressou com a força dos primeiros tempos. Já agora não há remédio senão deixá-la, e ir simplesmente ajudando a natureza.

Duarte recordou-se de que efetivamente o major falava noutro tempo de alguns discursos inaugurais, duas ou três nênias e boa soma de artigos que escrevera acerca das campanhas do Rio da Prata. Havia porém muitos anos que Lopo Alves deixara em paz os generais platinos e os defuntos; nada fazia supor que a moléstia volvesse, sobretudo caracterizada por um drama. Esta circunstância explicá-la-ia o bacharel, se soubesse que Lopo Alves, algumas semanas antes, assistira à representação de uma peça do gênero ultra-romântico, obra que lhe agradou muito e lhe sugeriu a idéia de afrontar as luzes do tablado. Não entrou o major nestas minuciosidades necessárias, e o bacharel ficou sem conhecer o motivo da explosão dramática do militar. Nem o soube, nem curou disso. Encareceu muito as faculdades mentais do major, manifestou calorosamente a ambição que nutria de o ver sair triunfante naquela estréia, prometeu que o recomendaria a alguns amigos que tinha no *Correio Mercantil,* e só estacou e empalideceu quando viu o major, trêmulo de bem-aventurança, abrir o rolo que trazia consigo.

— Agradeço-lhe as suas boas intenções, disse Lopo Alves, e aceito o obséquio que me promete; antes dele, porém, desejo outro. Sei que é inteligente e lido; há de me dizer francamente o que pensa deste trabalho. Não lhe peço elogios, exijo franqueza e franqueza rude. Se achar que não é bom, diga-o sem rebuço.

Duarte procurou desviar aquele cálix de amargura; mas era difícil pedi-lo, e impossível alcançá-lo. Consultou melancolicamente o relógio, que marcava nove horas e cinqüenta e cinco minutos, enquanto o major folheava paternalmente as cento e oitenta folhas do manuscrito.

— Isto vai depressa, disse Lopo Alves; eu sei o que são rapazes e o que são bailes. Descanse que ainda hoje dançará duas ou três valsas com *ela,* se a tem, ou com elas. Não acha melhor irmos para o seu gabinete?

Era indiferente, para o bacharel, o lugar do suplício; acedeu ao desejo do hóspede. Este, com a liberdade que lhe davam as relações, disse ao moleque que não deixasse entrar ninguém. O algoz não queria testemunhas. A porta do gabine fechou-se; Lopo Alves tomou lugar ao pé da mesa, tendo em frente o bacharel, que mergulhou o corpo e o desespero numa vasta poltrona de marroquim, resoluto a não dizer palavra para ir mais depressa ao termo.

O drama dividia-se em sete quadros. Esta indicação produziu um calafrio no ouvinte. Nada havia de novo naquelas cento e oitenta páginas, senão a letra do autor. O mais eram os lances, os caracteres, as *ficelles* e até o estilo dos mais acabados tipos do romantismo desgrenhado. Lopo Alves cuidava pôr por obra uma invenção, quando não fazia mais do que alinhavar as suas reminiscências. Noutra ocasião, a obra seria um bom passatempo. Havia logo no primeiro quadro, espécie de prólogo, uma criança roubada à família, um envenenamento, dous embuçados, a ponta de um punhal e quantidade de adjetivos não menos afiados que o punhal. No segundo quadro dava-se conta da morte de um dos embuçados, que devia ressuscitar no terceiro, para ser preso no quinto, e matar o tirano no sétimo. Além da morte aparente do embuçado, havia no segundo quadro o rapto da menina, já então moça de dezessete anos, um monólogo que parecia durar igual prazo, e o roubo de um testamento.

Eram quase onze horas quando acabou a leitura deste segundo quadro. Duarte mal podia conter a cólera; era já impossível ir ao Rio Comprido. Não é fora de propósito conjecturar que, se o major expirasse naquele momento, Duarte agradecia a morte como um benefício da Providência. Os sentimentos do bacharel não faziam crer tamanha ferocidade; mas a leitura de um mau livro é capaz de produzir fenômenos ainda mais espantosos. Acresce que, enquanto aos olhos carnais do bacharel aparecia em toda a sua espessura a grenha de Lopo Alves, fulgiam-lhe ao espírito os fios de ouro que ornavam a formosa cabeça de Cecília; via-a com os olhos azuis, a tez branca e rosada, o gesto delicado e gracioso, dominando todas as demais damas que deviam estar no salão da viúva Meneses. Via aquilo, e ouvia mentalmente a música, a palestra, o soar dos passos, e o ruge-ruge das sedas; enquanto a voz rouquenha e sensaborona de Lopo Alves ia desfiando os quadros e os diálogos, com a impassibilidade de uma grande convicção.

Voava o tempo, e o ouvinte já não sabia a conta dos quadros. Meia-noite soara desde muito; o baile estava perdido. De repente, viu Duarte que o major enrolava outra vez o manuscrito, erguia-se, empertigava-se, cravava nele uns olhos odientos e maus, e saía arrebatadamente do gabinete. Duarte quis chamá-lo, mas o pasmo tolhera-lhe a voz e os movimentos. Quando pôde dominar-se, ouviu o bater do tacão rijo e colérico do dramaturgo na pedra da calçada. Foi à janela; nada viu nem ouviu; autor e drama tinham desaparecido.

— Por que não fez ele isso há mais tempo? disse o rapaz suspirando.

O suspiro mal teve tempo de abrir as asas e sair pela janela fora, em demanda do Rio Comprido, quando o moleque do bacharel veio anunciar-lhe a visita de um homem baixo e gordo.

— A esta hora! exclamou Duarte.

— A esta hora, repetiu o homem baixo e gordo, entrando na sala. A esta ou a qualquer hora, pode a polícia entrar na casa do cidadão, uma vez que se trata de um delito grave.

— Um delito!

— Creio que me conhece...

— Não tenho essa honra.

— Sou empregado na polícia.

— Mas que tenho eu com o senhor? de que delito se trata?

— Pouca cousa: um furto. O senhor é acusado de haver subtraído uma chinela turca. Aparentemente não vale nada ou vale pouco a tal chinela. Mas há chinela e chinela. Tudo depende das circunstâncias.

O homem disse isto com um riso sarcástico, e cravando no bacharel uns olhos de inquisidor. Duarte não sabia sequer da existência do objeto roubado. Concluiu que havia equívoco de nome, e não se zangou com a injúria irrogada à sua pessoa, e de algum modo à sua classe, atribuindo-se-lhe a ratonice. Isto mesmo disse ao empregado da polícia, acrescentando que não era motivo, em todo caso, para incomodá-lo a semelhante hora.

— Há de perdoar-me, disse o representante da autoridade. A chinela de que se trata vale algumas dezenas de contos de réis; é ornada de finíssimos diamantes, que a tornam singularmente preciosa. Não é turca só pela forma, mas também pela origem. A dona, que é uma de nossas patrícias mais viageiras, esteve, há cerca de três anos, no Egito, onde a comprou a um judeu. A história, que este aluno de Moisés referiu acerca daquele produto da indústria muçulmana, é verdadeiramente miraculosa, e, no meu sentir, perfeitamente mentirosa. Mas não vem ao caso dizê-lo. O que importa saber é que ela foi roubada e que a polícia tem denúncia contra o senhor.

Neste ponto de discurso, chegara-se o homem à janela; Duarte suspeitou que fosse um doudo ou um ladrão. Não teve tempo de examinar a suspeita, porque, dentro de alguns segundos, viu entrar cinco homens armados, que lhe lançaram as mãos e o levaram, escada abaixo, sem embargo dos gritos que soltava e dos movimentos desesperados que fazia. Na rua havia um carro, onde o meteram à força. Já lá estava o homem baixo e gordo, e mais um sujeito alto e magro, que o receberam e fizeram sentar no fundo do carro. Ouviu-se estalar o chicote do cocheiro e o carro partiu à desfilada.

— Ah! ah! disse o homem gordo. Com que então pensava que podia impunemente furtar chinelas turcas, namorar moças louras, casar talvez com elas... e rir ainda por cima do gênero humano.

Ouvindo aquela alusão à dama dos seus pensamentos, Duarte teve um calafrio. Tratava-se, ao que parecia, de algum desforço de rival suplantado. Ou a alusão seria casual e estranha à aventura? Duarte perdeu-se num cipoal de conjecturas, enquanto o carro ia sempre andando a todo galope. No fim de algum tempo, arriscou uma observação.

— Quaisquer que sejam os meus crimes, suponho que a polícia...

— Nós não somos da polícia, interrompeu friamente o homem magro.

— Ah!

— Este cavalheiro e eu fazemos um par. Ele, o senhor e eu faremos um terno. Ora, terno não é melhor que par; não é, não pode ser. Um casal é o ideal. Provavelmente não me entendeu?

— Não, senhor.

— Há de entender logo mais.

Duarte resignou-se à espera, enfronhou-se no silêncio, derreou o corpo, e deixou correr o carro e a aventura. Obra de cinco minutos depois estacavam os cavalos.

— Chegámos, disse o homem gordo.

Dizendo isto, tirou um lenço da algibeira e ofereceu-o ao bacharel para que tapasse os olhos. Duarte recusou, mas o homem magro observou-lhe que era mais prudente obedecer que resistir. Não resistiu o bacharel; atou o lenço e apeou-se. Ouviu, daí a pouco, ranger uma porta; duas pessoas, — provavelmente as mesmas que o acompanharam no carro, — seguraram-lhe as mãos e o conduziram por uma infinidade de corredores e escadas. Andando, ouvia o bacharel algumas vozes desconhecidas, palavras soltas, frases truncadas. Afinal pararam; disseram-lhe que se sentasse e destapasse os olhos. Duarte obedeceu; mas ao desvendar-se, não viu ninguém mais.

Era uma sala vasta, assaz iluminada, trastejada com elegância e opulência. Era talvez sobreposse a variedade dos adornos; contudo, a pessoa que os escolhera devia ter gosto apurado. Os bronzes, charões, tapetes, espelhos, — a cópia infinita de objetos que enchiam a sala, era tudo da melhor fábrica. A vista daquilo restituiu a serenidade de ânimo ao bacharel; não era provável que ali morassem ladrões.

Reclinou-se o moço indolentemente na otomana... Na otomana! Esta circunstância trouxe à memória do rapaz o princípio da aventura e o roubo da chinela. Alguns minutos de reflexão bastaram para ver que a tal chinela era já agora mais que problemática. Cavando mais fundo no terreno das conjecturas, pareceu-lhe achar uma explicação nova e definitiva. A chinela vinha a ser pura metáfora; tratava-se do coração de Cecília, que ele roubara, delito de que o queria punir o já imaginado rival. A isto deviam ligar-se naturalmente as palavras misteriosas do homem magro: o par é melhor que o terno; um casal é o ideal.

— Há de ser isso, concluiu Duarte; mas quem será esse pretendente derrotado?

Neste momento abriu-se uma porta do fundo da sala e negrejou a batina de um padre alvo e calvo. Duarte levantou-se, como por efeito de uma mola. O padre atravessou lentamente a sala, ao passar por ele deitou-lhe a bênção, e foi sair por outra porta rasgada na parede fronteira. O bacharel ficou sem movimento, a olhar para a porta, a olhar sem ver, estúpido de todos os sentidos. O inesperado daquela aparição baralhou totalmente as idéias anteriores a respeito da aventura. Não teve tempo, entretanto, de cogitar alguma nova explicação, porque a primeira porta foi de novo aberta e entrou por ela outra figura, desta vez o homem magro, que foi direito a ele e o convidou a segui-lo. Duarte não opôs resistência. Saíram por uma terceira porta, e, atravessados alguns corredores mais ou menos alumiados, foram dar a outra sala, que só o era por duas velas postas em castiçais de prata. Os castiçais estavam sobre uma mesa larga. Na cabeceira desta havia um homem velho que representava ter cinqüenta e cinco anos; era uma figura atlética, farta de cabelos na cabeça e na cara.

— Conhece-me? perguntou o velho, logo que Duarte entrou na sala.

— Não, senhor.

— Nem é preciso. O que vamos fazer exclui absolutamente a necessidade de qualquer apresentação. Saberá em primeiro lugar que o roubo da chinela foi um simples pretexto...

— Oh! decerto! interrompeu Duarte.

— Um simples pretexto, continuou o velho, para trazê-lo a esta nossa casa. A chinela não foi roubada; nunca saiu das mãos da dona. João Rufino, vá buscar a chinela.

O homem magro saiu, e o velho declarou ao bacharel que a famosa chinela não tinha nenhum diamante, nem fora comprada a nenhum judeu do Egito; era, porém, turca, segundo se lhe disse, e um milagre de pequenez. Duarte ouviu as explicações, e, reunindo todas as forças, perguntou resolutamente:

— Mas, senhor, não me dirá de uma vez o que querem de mim e o que estou fazendo nesta casa?

— Vai sabê-lo, respondeu tranqüilamente o velho.

A porta abriu-se e apareceu o homem magro com a chinela na mão. Duarte, convidado a aproximar-se da luz, teve ocasião de verificar que a pequenez era realmente miraculosa. A chinela era de marroquim finíssimo; no assento do pé, estufado e forrado de seda cor azul, rutilavam duas letras bordadas a ouro.

— Chinela de criança, não lhe parece? disse o velho.

— Suponho que sim.

— Pois supõe mal; é chinela de moça.

— Será; nada tenho com isso.

— Perdão! tem muito, porque vai casar com a dona.

— Casar! exclamou Duarte.

— Nada menos. João Rufino, vá buscar a dona da chinela.

Saiu o homem magro, e voltou logo depois. Assomando à porta, levantou o reposteiro e deu entrada a uma mulher, que caminhou para o centro da sala. Não era mulher, era uma sílfide, uma visão de poeta, uma criatura divina. Era loura; tinha os olhos azuis, como os de Cecília, extáticos, uns olhos que buscavam o céu ou pareciam viver dele. Os cabelos, deleixadamente penteados, faziam-lhe em volta da cabeça, um como resplendor de santa; santa somente, não mártir, porque o sorriso que lhe desabrochava os lábios, era um sorriso de bem-aventurança, como raras vezes há de ter tido a terra. Um vestido branco, de finíssima cambraia, envolvia-lhe castamente o corpo, cujas formas aliás desenhava, pouco para os olhos, mas muito para a imaginação.

Um rapaz, como o bacharel, não perde o sentimento da elegância, ainda em lances daqueles. Duarte, ao ver a moça, compôs o chambre, apalpou a gravata e fez uma cerimoniosa cortesia, a que ela correspondeu com tamanha gentileza e graça, que a aventura começou a parecer muito menos aterradora.

— Meu caro doutor, esta é a noiva.

A moça abaixou os olhos; Duarte respondeu que não tinha vontade de casar.

— Três cousas vai o senhor fazer agora mesmo, continuou impassivelmente o velho: a primeira, é casar; a segunda, escrever o seu testamento; a terceira, engolir certa droga do Levante...

— Veneno! interrompeu Duarte.

— Vulgarmente é esse o nome; eu dou-lhe outro: passaporte do céu.

Duarte estava pálido e frio. Quis falar, não pôde; um gemido, sequer, não lhe saiu do peito. Rolaria ao chão, se não houvesse ali perto uma cadeira em que se deixou cair.

— O senhor, continuou o velho, tem uma fortunazinha de cento e cinqüenta contos. Esta pérola será a sua herdeira universal. João Rufino, vá buscar o padre.

O padre entrou, o mesmo padre calvo que abençoara o bacharel pouco antes; entrou e foi direito ao moço, engrolando sonolentamente um trecho de Neemias ou qualquer outro profeta menor; travou-lhe da mão e disse:

— Levante-se!

— Não! não quero! não me casarei!

— E isto? disse da mesa o velho, apontando-lhe uma pistola.

— Mas então é um assassinato?

— É; a diferença está no gênero de morte: ou violenta com isto, ou suave com a droga. Escolha!

Duarte suava e tremia. Quis levantar-se e não pôde. Os joelhos batiam um contra o outro. O padre chegou-se-lhe ao ouvido, e disse baixinho:

— Quer fugir?

— Oh! sim! exclamou, não com os lábios, que podia ser ouvido, mas com os olhos em que pôs toda a vida que lhe restava.

— Vê aquela janela? Está aberta; embaixo fica um jardim. Atire-se dali sem medo.

— Oh! padre! disse baixinho o bacharel.

— Não sou padre, sou tenente do exército. Não diga nada.

A janela estava apenas cerrada; via-se pela fresta uma nesga do céu, já meio claro. Duarte não hesitou, coligiu todas as forças, deu um pulo do lugar onde estava e atirou-se a Deus misericórdia por ali abaixo. Não era grande altura, a queda foi pequena; ergueu-se o moço rapidamente, mas o homem gordo, que estava no jardim, tomou-lhe o passo.

— Que é isso? perguntou ele rindo.

Duarte não respondeu, fechou os punhos, bateu com eles violentamente nos peitos do homem e deitou a correr pelo jardim fora. O homem não caiu; sentiu apenas um grande abalo; e, uma vez passada a impressão, seguiu no encalço do fugitivo. Começou então uma carreira vertiginosa. Duarte ia saltando cercas e muros, calcando canteiros, esbarrando árvores, que uma ou outra vez se lhe erguiam na frente. Escorria-lhe o suor em bica, alteava-se-lhe o peito, as forças iam a perder-se pouco a pouco; tinha uma das mãos ferida, a camisa salpicada do orvalho das folhas, duas vezes esteve a ponto de ser apanhado, o chambre pegara-se-lhe em uma cerca de espinhos. Enfim, cansado, ferido, ofegante, caiu nos degraus de pedra de uma casa, que havia no meio do último jardim que atravessara.

Olhou para trás; não viu ninguém; o perseguidor não o acompanhara até ali. Podia vir, entretanto; Duarte ergueu-se a custo, subiu os quatro degraus que lhe faltavam, e entrou na casa, cuja porta, aberta, dava para uma sala pequena e baixa.

Um homem que ali estava, lendo um número do *Jornal do Comércio,* pareceu não o ter visto entrar. Duarte caiu numa cadeira. Fitou os olhos no homem. Era o major Lopo Alves. O major, empunhando a folha, cujas dimensões iam-se tornando extremamente exíguas, exclamou repentinamente:

— Anjo do céu, estás vingado! Fim do último quadro.

Duarte olhou para ele, para a mesa, para as paredes, esfregou os olhos, respirou à larga.

— Então! Que tal lhe pareceu?

— Ah! excelente! respondeu o bacharel, levantando-se.

— Paixões fortes, não?

— Fortíssimas. Que horas são?

— Deram duas agora mesmo.

Duarte acompanhou o major até à porta, respirou ainda uma vez, apalpou-se, foi até à janela. Ignora-se o que pensou durante os primeiros minutos; mas, ao cabo de um quarto de hora, eis o que ele dizia consigo: — Ninfa, doce amiga, fantasia inquieta e fértil, tu me salvaste de uma ruim peça com um sonho original, substituíste-me o tédio por um pesadelo: foi um bom negócio. Um bom negócio e uma grave lição: provaste-me ainda uma vez que o melhor drama está no espectador e não no palco.

NA ARCA

TRÊS CAPÍTULOS INÉDITOS DO GÊNESIS

CAPÍTULO A

1. — Então Noé disse a seus filhos Jafé, Sem e Cam: — "Vamos sair da arca, segundo a vontade do Senhor, nós, e nossas mulheres, e todos os animais. A arca tem de parar no cabeço de uma montanha; desceremos a ela.

2. — "Porque o Senhor cumpriu a sua promessa, quando me disse: Resolvi dar cabo de toda a carne; o mal domina a terra, quero fazer perecer os homens. Faze uma arca de madeira; entra nela tu, tua mulher e teus filhos.

3. — "E as mulheres de teus filhos, e um casal de todos os animais.

4. — "Agora, pois, se cumpriu a promessa do Senhor, e todos os homens pereceram, e fecharam-se as cataratas do céu; tornaremos a descer à terra, e a viver no seio da paz e da concórdia."

5. — Isto disse Noé, e os filhos de Noé muito se alegraram de ouvir as palavras de seu pai; e Noé os deixou sós, retirando-se a uma das câmaras da arca.

6. — Então Jafé levantou a voz e disse: — "Aprazível vida vai ser a nossa. A figueira nos dará o fruto, a ovelha a lã, a vaca o leite, o sol a claridade e a noite a tenda.

7.— "Porquanto seremos únicos na terra, e toda a terra

será nossa, e ninguém perturbará a paz de uma família, poupada do castigo que feriu a todos os homens

8. — "Para todo o sempre." Então Sem, ouvindo falar o irmão, disse: — "Tenho uma idéia". Ao que Jafé e Cam responderam: — "Vejamos a tua idéia, Sem."

9. — E Sem falou a voz de seu coração, dizendo: — "Meu pai tem a sua família; cada um de nós tem a sua família; a terra é de sobra; podíamos viver em tendas separadas. Cada um de nós fará o que lhe parecer melhor: e plantará, caçará, ou lavrará a madeira, ou fiará o linho."

10. — E respondeu Jafé: — "Acho bem lembrada a idéia de Sem; podemos viver em tendas separadas. A arca vai descer ao cabeço de uma montanha; meu pai e Cam descerão para o lado do nascente; eu e Sem para o lado do poente. Sem ocupará duzentos côvados de terra, eu outros duzentos."

11. — Mas dizendo Sem: — "Acho pouco duzentos côvados" —, retorquiu Jafé: "Pois sejam quinhentos cada um. Entre a minha terra e a tua haverá um rio, que as divida no meio, para se não confundir a propriedade. Eu fico na margem esquerda e tu na margem direita;

12. — "E a minha terra se chamará a terra de Jafé, e a tua se chamará a terra de Sem; e iremos às tendas um do outro, e partiremos o pão da alegria e da concórdia."

13. — E tendo Sem aprovado a divisão, perguntou a Jafé: "Mas o rio? a quem pertencerá a água do rio, a corrente?

14. — "Porque nós possuímos as margens, e não estatuímos nada a respeito da corrente." E respondeu Jafé, que podiam pescar de um e outro lado; mas, divergindo o irmão, propôs dividir o rio em duas partes, fincando um pau no meio. Jafé, porém, disse que a corrente levaria o pau.

15. — E tendo Jafé respondido assim, acudiu o irmão: — "Pois que te não serve o pau, fico eu com o rio, e as duas margens; e para que não haja conflito, podes levantar um muro, dez ou doze côvados, para lá da tua margem antiga.

16. — "E se com isto perdes alguma cousa, nem é grande a diferença, nem deixa de ser acertado, para que nunca ja-

mais se turbe a concórdia entre nós, segundo é a vontade do Senhor."

17. — Jafé porém replicou: — "Vai bugiar! Com que direito me tiras a margem, que é minha, e me roubas um pedaço de terra? Porventura és melhor do que eu,

18. — "Ou mais belo, ou mais querido de meu pai? Que direito tens de violar assim tão escandalosamente a propriedade alheia?

19. — "Pois agora te digo que o rio ficará do meu lado, com ambas as margens, e que se te atreveres a entrar na minha terra, matar-te-ei como Caim matou a seu irmão."

20. — Ouvindo isto, Cam atemorizou-se muito e começou a aquietar os dous irmãos,

21. — Os quais tinham os olhos do tamanho de figos e cor de brasa, e olhavam-se cheios de cólera e desprezo.

22. — A arca, porém, boiava sobre as águas do abismo.

Capítulo B

1. — Ora, Jafé, tendo curtido a cólera, começou a espumar pela boca, e Cam falou-lhe palavras de brandura,

2. — Dizendo: — "Vejamos um meio de conciliar tudo; vou chamar tua mulher e a mulher de Sem."

3. — Um e outro, porém, recusaram dizendo que o caso era de direito e não de persuasão.

4. — E Sem propôs a Jafé que compensasse os dez côvados perdidos, medindo outros tantos nos fundos da terra dele. Mas Jafé respondeu:

5. — "Por que não me mandas logo para os confins do mundo? Já te não contentas com quinhentos côvados; queres quinhentos e dez, e eu que fique com quatrocentos e noventa.

6. — "Tu não tens sentimentos morais? não sabes o que é justiça? não vês que me esbulhas descaradamente? e não percebes que eu saberei defender o que é meu, ainda com risco de vida?

7. — "E que, se é preciso correr sangue, o sangue há de correr já e já,

8. — "Para te castigar a soberba e lavar a tua iniqüidade?"

9. — Então Sem avançou para Jafé; mas Cam interpôs-se, pondo uma das mãos no peito de cada um;

10. — Enquanto o lobo e o cordeiro, que durante os dias do dilúvio, tinham vivido na mais doce concórdia, ouvindo o rumor das vozes, vieram espreitar a briga dos dous irmãos, e começaram a vigiar-se um ao outro.

11. — E disse Cam: — "Ora, pois, tenho uma idéia maravilhosa, que há de acomodar tudo;

12. — "A qual me é inspirada pelo amor, que tenho a meus irmãos. Sacrificarei pois a terra que me couber ao lado de meu pai, e ficarei com o rio e as duas margens, dando-me vós uns vinte côvados cada um."

13. — E Sem e Jafé riram com desprezo e sarcasmo, dizendo: — "Vai plantar tâmaras! Guarda a tua idéia para os dias da velhice." E puxaram as orelhas e o nariz de Cam; e Jafé, metendo dous dedos na boca, imitou o silvo da serpente, em ar de surriada.

14. — Ora, Cam, envergonhado e irritado, espalmou a mão dizendo: — "Deixa estar!" e foi dali ter com o pai e as mulheres dos dous irmãos.

15. — Jafé porém disse a Sem: — "Agora que estamos sós, vamos decidir este grave caso, ou seja de língua ou de punho. Ou tu me cedes as duas margens, ou eu te quebro uma costela."

16. — Dizendo isto, Jafé ameaçou a Sem com os punhos fechados, enquanto Sem, derreando o corpo, disse com voz irada: "Não te cedo nada, gatuno!"

17. — Ao que Jafé retorquiu irado: "Gatuno és tu!"

18. — Isto dito, avançaram um para o outro e atracaram-se. Jafé tinha o braço rijo e adestrado; Sem era forte na resistência. Então Jafé, segurando o irmão pela cinta, apertou-o fortemente, bradando: "De quem é o rio?"

19. — E respondendo Sem: — "É meu!" Jafé fez um gesto para derrubá-lo; mas Sem, que era forte, sacudiu o corpo e atirou o irmão para longe; Jafé, porém, espumando de

cólera, tornou a apertar o irmão, e os dous lutaram braço a braço,

20. — Suando e bufando como touros.

21. — Na luta, caíram e rolaram, esmurrando-se um ao outro; o sangue saía dos narizes, dos beiços, das faces; ora vencia Jafé,

22. — Ora vencia Sem; porque a raiva animava-os igualmente, e eles lutavam com as mãos, os pés, os dentes e as unhas; e a arca estremecia como se de novo se houvessem aberto as cataratas do céu.

23. — Então as vozes e brados chegaram aos ouvidos de Noé, ao mesmo tempo que seu filho Cam, que lhe apareceu clamando: "Meu pai, meu pai, se de Caim se tomará vingança sete vezes, e de Lamech setenta vezes sete, o que será de Jafé e Sem?"

24. — E pedindo Noé que explicasse o dito, Cam referiu a discórdia dos dous irmãos, e a ira que os animava, e disse: — "Correi a aquietá-los." Noé disse: — "Vamos."

25. — A arca, porém, boiava sobre as águas do abismo

Capítulo C

1. — Eis aqui chegou Noé ao lugar onde lutavam os dous filhos,

2. — E achou-os ainda agarrados um ao outro, e Sem debaixo do joelho de Jafé, que com o punho cerrado lhe batia na cara, a qual estava roxa e sangrenta.

3. — Entretanto, Sem, alçando as mãos, conseguiu apertar o pescoço do irmão, e este começou a bradar: "Larga-me, larga-me!"

4. — Ouvindo os brados, as mulheres de Jafé e Sem acudiram também ao lugar da luta, e, vendo-os assim, entraram a soluçar e a dizer: "O que será de nós? A maldição caiu sobre nós e nossos maridos."

5. — Noé, porém, lhes disse: "Calai-vos, mulheres de meus filhos, eu verei de que se trata, e ordenarei o que for justo." E caminhando para os dous combatentes,

6. — Bradou: “Cessai a briga. Eu, Noé, vosso pai, o ordeno e mando.” E ouvindo os dous irmãos o pai, detiveram-se subitamente, e ficaram longo tempo atalhados e mudos, não se levantando nenhum deles.

7. — Noé continuou: “Erguei-vos, homens indignos da salvação e merecedores do castigo que feriu os outros homens.”

8. — Jafé e Sem ergueram-se. Ambos tinham feridos o rosto, o pescoço e as mãos, e as roupas salpicadas de sangue, porque tinham lutado com unhas e dentes, instigados de ódio mortal.

9. — O chão também estava alagado de sangue, e as sandálias de um e outro, e os cabelos de um e outro,

10. — Como se o pecado os quisera marcar com o selo da iniqüidade.

11. — As duas mulheres, porém, chegaram-se a eles, chorando e acariciando-os, e via-se-lhes a dor do coração. Jafé e Sem não atendiam a nada, e estavam com os olhos no chão, medrosos de encarar seu pai.

12. — O qual disse: “Ora, pois, quero saber o motivo da briga.”

13. — Esta palavra acendeu o ódio no coração de ambos. Jafé, porém, foi o primeiro que falou e disse:

14. — “Sem invadiu a minha terra, a terra que eu havia escolhido para levantar a minha tenda, quando as águas houverem desaparecido e a arca descer, segundo a promessa do Senhor;

15. — “E eu, que não tolero o esbulho, disse a meu irmão: “Não te contentas com quinhentos côvados e queres mais dez?” E ele me respondeu: “Quero mais dez e as duas margens do rio que há de dividir a minha terra da tua terra.”

16. — Noé, ouvindo o filho, tinha os olhos em Sem; e acabando Jafé, perguntou ao irmão: “Que respondes?”

17. — E Sem disse: — “Jafé mente, porque eu só lhe tomei os dez côvados de terra, depois que ele recusou dividir o rio em duas partes; e propondo-lhe ficar com as duas margens, ainda consenti que ele medisse outros dez côvados nos fundos das terras dele,

18. — "Para compensar o que perdia; mas a iniqüidade de Caim falou nele, e ele me feriu a cabeça, a cara e as mãos."

19. — E Jafé interrompeu-o dizendo: "Porventura não me feriste também? Não estou ensangüentado como tu? Olha a minha cara e o meu pescoço; olha as minhas faces, que rasgaste com as tuas unhas de tigre."

20. — Indo Noé falar, notou que os dous filhos de novo pareciam desafiar-se com os olhos. Então disse: "Ouvi!" Mas os dous irmãos, cegos de raiva, outra vez se engalfinharam, bradando: — "De quem é o rio?" — "O rio é meu."

21. — E só a muito custo puderam Noé, Cam e as mulheres de Sem e Jafé, conter os dous combatentes, cujo sangue entrou a jorrar em grande cópia.

22. — Noé, porém, alçando a voz, bradou: — "Maldito seja o que me não obedecer. Ele será maldito, não sete vezes, não setenta vezes sete, mas setecentas vezes setenta.

23. — "Ora, pois, vos digo que, antes de descer a arca, não quero nenhum ajuste a respeito do lugar em que levantareis as tendas."

24. — Depois ficou meditabundo.

25. — E alçando os olhos ao céu, porque a portinhola do teto estava levantada, bradou com tristeza:

26. — "Eles ainda não possuem a terra e já estão brigando por causa dos limites. O que será quando vierem a Turquia e a Rússia?"

27. — E nenhum dos filhos de Noé pôde entender esta palavra de seu pai.

28. — A arca, porém, continuava a boiar sobre as águas do abismo.

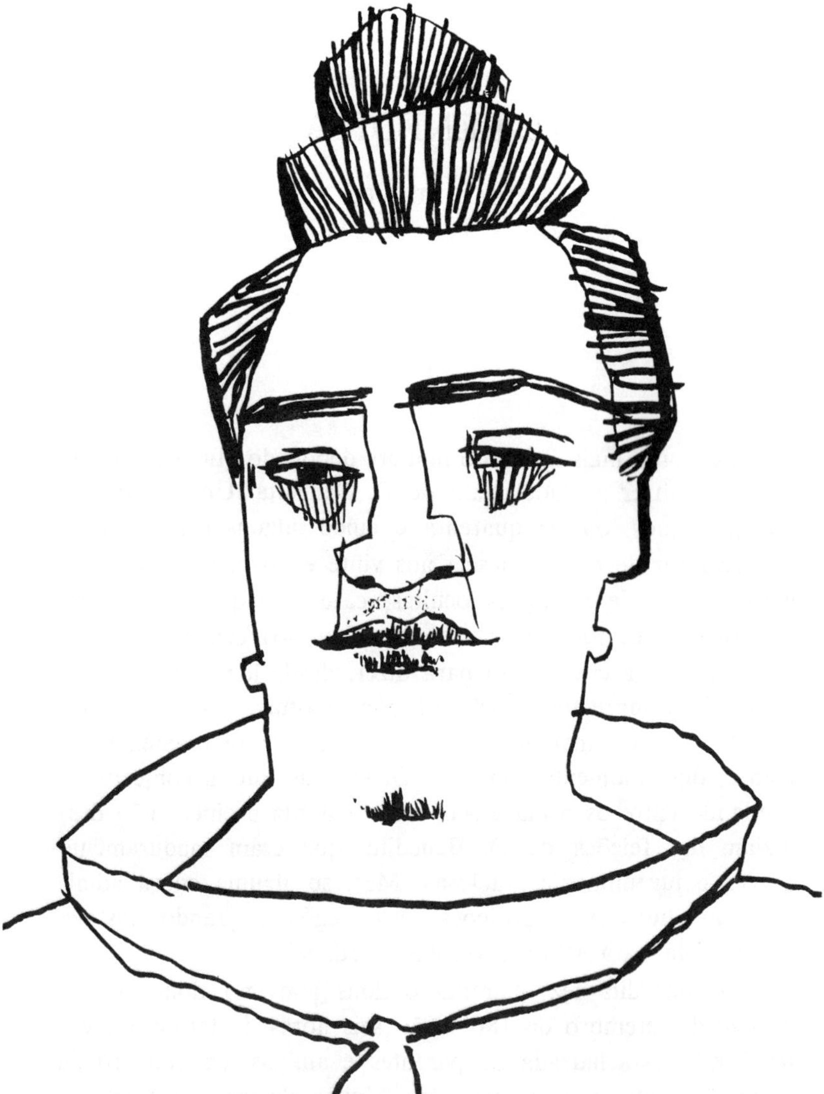

D. Benedita fez quarenta e dous anos no domingo dezenove de setembro de 1869.

D. BENEDITA

UM RETRATO

I

A cousa mais árdua do mundo, depois do ofício de governar, seria dizer a idade exata de D. Benedita. Uns davam-lhe quarenta anos, outros quarenta e cinco, alguns trinta e seis. Um corretor de fundos descia aos vinte e nove; mas esta opinião, eivada de intenções ocultas, carecia daquele cunho de sinceridade que todos gostamos de achar nos conceitos humanos. Nem eu a cito, senão para dizer, desde logo, que D. Benedita foi sempre um padrão de bons costumes. A astúcia do corretor não fez mais do que indigná-la, embora momentaneamente; digo momentaneamente. Quanto às outras conjecturas, oscilando entre os trinta e seis e os quarenta e cinco, não desdiziam das feições de D. Benedita, que eram maduramente graves e juvenilmente graciosas. Mas, se alguma cousa admira é que houvesse suposições neste negócio, quando bastava interrogá-la para saber a verdade verdadeira.

D. Benedita fez quarenta e dous anos no domingo dezenove de setembro de 1869. São seis horas da tarde; a mesa da família está ladeada de parentes e amigos, em número de vinte ou vinte e cinco pessoas. Muitas dessas estiveram no jantar de 1868, no de 1867 e no de 1866, e ouviram sempre aludir francamente à idade da dona da casa. Além disso, vêem-se ali, à mesa, uma moça e um rapaz, seus filhos; este é, decerto, no tamanho e nas maneiras, um tanto menino; mas a moça, Eulália, contando dezoito anos, parece ter vinte e um, tal é a severidade dos modos e das feições.

A alegria dos convivas, a excelência do jantar, certas negociações matrimonais incumbidas ao cônego Roxo, aqui presente, e das quais se falará mais abaixo, as boas qualidades da dona da casa, tudo isso dá à festa um caráter íntimo e feliz. O cônego levanta-se para trinchar o peru. D. Benedita acatava esse uso nacional das casas modestas de confiar o peru a um dos convivas, em vez de o fazer retalhar fora da mesa por mãos servis, e o cônego era o pianista daquelas ocasiões solenes. Ninguém conhecia melhor a anatomia do animal, nem sabia operar com mais presteza. Talvez, — e este fenômeno fica para os entendidos, — talvez a circunstância do canonicato aumentasse ao trinchante, no espírito dos convivas, uma certa soma de prestígio, que ele não teria, por exemplo, se fosse um simples estudante de matemáticas, ou um amanuense de secretaria. Mas, por outro lado, um estudante ou um amanuense, sem a lição do longo uso, poderia dispor da arte consumada do cônego? É outra questão importante.

Venhamos, porém, aos demais convivas, que estão parados, conversando; reina o burburinho próprio dos estômagos meio regalados, o riso da natureza que caminha para a repleção; é um instante de repouso.

D. Benedita fala, como as suas visitas, mas não fala para todas, senão para uma, que está sentada ao pé dela. Essa é uma senhora gorda, simpática, muito risonha, mãe de um bacharel de vinte e dous anos, o Leandrinho, que está sentado defronte delas. D. Benedita não se contenta de falar à senhora gorda, tem uma das mãos desta entre as suas; e não se contenta de lhe ter presa a mão, fita-lhe uns olhos namorados, vivamente namorados. Não os fita, note-se bem, de um modo persistente e longo, mas inquieto, miúdo, repetido, instantâneo. Em todo caso, há muita ternura naquele gesto; e, dado que não a houvesse, não se perderia nada, porque D. Benedita repete com a boca a D. Maria dos Anjos tudo o que com os olhos lhe tem dito: — que está encantada, que considera uma fortuna conhecê-la, que é muito simpática, muito digna, que traz o coração nos olhos, etc., etc., etc. Uma de suas amigas diz-lhe, rindo, que está com ciúmes.

— Que arrebente! responde ela, rindo também.

E voltando-se para a outra:

— Não acha? ninguém deve meter-se com a nossa vida

E aí tornavam as finezas, os encarecimentos, os risos, as ofertas, mais isto, mais aquilo, — um projeto de passeio, outro de teatro, e promessas de muitas visitas, tudo com tamanha expansão e calor, que a outra palpitava de alegria e reconhecimento.

O peru está comido. D. Maria dos Anjos faz um sinal ao filho; este levanta-se e pede que o acompanhem em um brinde:

— Meus senhores, é preciso desmentir esta máxima dos franceses: — *les absents ont tort.*[1] Bebamos a alguém que está longe, muito longe, no espaço, mas perto, muito perto, no coração de sua digna esposa: — bebamos ao ilustre desembargador Proença.

A assembléia não correspondeu vivamente ao brinde; e para compreendê-lo basta ver o rosto triste da dona da casa. Os parentes e os mais íntimos disseram baixinho entre si que o Leandrinho fora estouvado; enfim, bebeu-se, mas sem estrépito; ao que parece, para não avivar a dor de D. Benedita. Vã precaução! D. Benedita, não podendo conter-se, deixou rebentarem-lhe as lágrimas, levantou-se da mesa, retirou-se da sala. D. Maria dos Anjos acompanhou-a. Sucedeu um silêncio mortal entre os convivas. Eulália pediu a todos que continuassem, que a mãe voltava já.

— Mamãe é muito sensível, disse ela, e a idéia de que papai está longe de nós...

O Leandrinho, consternado, pediu desculpa a Eulália. Um sujeito, ao lado dele, explicou-lhe que D. Benedita não podia ouvir falar do marido sem receber um golpe no coração — e chorar logo; ao que o Leandrinho acudiu dizendo que sabia

[1] (Francês): "Os ausentes não têm razão."

da tristeza dela, mas estava longe de supor que o seu brinde tivesse tão mau efeito.

— Pois era a cousa mais natural, explicou o sujeito, porque ela morre pelo marido.

— O cônego, acudiu Leandrinho, disse-me que ele foi para o Pará há uns dous anos...

— Dous anos e meio; foi nomeado desembargador pelo ministério Zacarias. Ele queria a relação de S. Paulo, ou da Bahia; mas não pôde ser e aceitou a do Pará.

— Não voltou mais?

— Não voltou.

— D. Benedita naturalmente tem medo de embarcar...

— Creio que não. Já foi uma vez à Europa. Se bem me lembro, ela ficou para arranjar alguns negócios de família; mas foi ficando, ficando, e agora...

— Mas era muito melhor ter ido em vez de padecer assim... Conhece o marido?

— Conheço; um homem muito distinto, e ainda moço. forte; não terá mais de quarenta e cinco anos. Alto, barbado, bonito. Aqui há tempos disse-se que ele não teimava com a mulher, porque estava lá de amores com uma viúva.

— Ah!

— E houve até quem viesse contá-lo a ela mesma. Imagine como a pobre senhora ficou! Chorou uma noute inteira, no dia seguinte não quis almoçar, e deu todas as ordens para seguir no primeiro vapor.

— Mas não foi?

— Não foi; desfez a viagem daí a três dias.

D. Benedita voltou nesse momento, pelo braço de D. Maria dos Anjos. Trazia um sorriso envergonhado; pediu desculpa da interrupção, e sentou-se com a recente amiga ao lado, agradecendo os cuidados que lhe deu, pegando-lhe outra vez na mão:

— Vejo que me quer bem, disse ela.

— A senhora merece, disse D. Maria dos Anjos.

— Mereço? inquiriu ela entre desvanecida e modesta.

E declarou que não, que a outra é que era boa, um anjo, um verdadeiro anjo; palavra que ela sublinhou com o mesmo olhar namorado, não persistente e longo, mas inquieto e repetido. O cônego, pela sua parte, com o fim de apagar a lembrança do incidente, procurou generalizar a conversa, dando-lhe por assunto a eleição do melhor doce. Os pareceres divergiram muito. Uns acharam que era o de coco, outros o de caju, alguns o de laranja, etc. Um dos convivas, o Leandrinho, autor do brinde, dizia com os olhos, — não com a boca, — e dizia-o de um modo astucioso, que o melhor doce eram as faces de Eulália, um doce moreno, corado; dito que a mãe dele interiormente aprovava, e que a mãe dela não podia ver, tão entregue estava à contemplação da recente amiga. Um anjo, um verdadeiro anjo!

II

D. Benedita levantou-se, no dia seguinte, com a idéia de escrever uma carta ao marido, uma longa carta em que lhe narrasse a festa da véspera, nomeasse os convivas e os pratos, descrevesse a recepção noturna, e, principalmente, desse notícia das novas relações com D. Maria dos Anjos. A mala fechava-se às duas horas da tarde, D. Benedita acordara às nove, e, não morando longe (morava no Campo da Aclamação),[2] um escravo levaria a carta ao correio muito a tempo. Demais, chovia; D. Benedita arredou a cortina da janela, deu com os vidros molhados; era uma chuvinha teimosa, o céu estava todo brochado de uma cor pardo-escura, malhada de grossas nuvens negras. Ao longe, viu flutuar e voar o pano que cobria o balaio que uma preta levava à cabeça: concluiu que ventava. Magnífico dia para não sair, e, portanto, escrever uma carta, duas cartas, todas as cartas de uma esposa ao marido ausente. Ninguém viria tentá-la.

Enquanto ela compõe os babadinhos e rendas do roupão branco, um roupão de cambraia que o desembargador lhe dera em 1862, no mesmo dia aniversário, 19 de setembro, convido a leitora a observar-lhe as feições. Vê que não lhe dou

[2] Atual Praça da República.

Vênus; também não lhe dou Medusa. Ao contrário de Medusa, nota-se-lhe o alisado simples do cabelo, preso sobre a nuca. Os olhos são vulgares, mas têm uma expressão bonachã. A boca é daquelas que, ainda não sorrindo, são risonhas, e tem esta outra particularidade, que é uma boca sem remorsos nem saudades: podia dizer sem desejos, mas eu só digo o que quero, e só quero falar das saudades e dos remorsos. Toda essa cabeça, que não entusiasma, nem repele, assenta sobre um corpo antes alto do que baixo, e não magro nem gordo, mas fornido na proporção da estatura. Para que falar-lhe das mãos? Há de admirá-las logo, ao travar da pena e do papel, com os dedos afilados e vadios, dous deles ornados de cinco ou seis anéis.

Creio que é bastante ver o modo por que ela compõe as rendas e os babadinhos do roupão para compreender que é uma senhora pichosa,[3] amiga do arranjo das cousas e de si mesma. Noto que rasgou agora o babadinho do punho esquerdo, mas é porque, sendo também impaciente, não podia mais "com a vida deste diabo". Essa foi a sua expressão, acompanhada logo de um "Deus me perdoe!" que inteiramente lhe extraiu o veneno. Não digo que ela bateu com o pé, mas adivinha-se, por ser um gesto natural de algumas senhoras irritadas. Em todo caso, a cólera durou pouco mais de meio minuto. D. Benedita foi à caixinha de costura para dar um ponto no rasgão, e contentou-se com um alfinete. O alfinete caiu no chão, ela abaixou-se a apanhá-lo. Tinha outros, é verdade, muitos outros, mas não achava prudente deixar alfinetes no chão. Abaixando-se, aconteceu-lhe ver a ponta da chinela, na qual pareceu-lhe descobrir um sinal branco; sentou-se na cadeira que tinha perto, tirou a chinela, e viu o que era: era

[3] O *Novo Dicionário Aurélio*, relacionando o adjetivo com *pecha*, só registra a forma *pechoso*; o *Vocabulário Ortográfico* da ABL, de 1981, consigna também *pichoso*, forma que se encontra na 1ª edição da Lombaerts e na publicação prévia de *A Estação* e que conservei. Morais registra ambas, e em *pichoso,-osa* define à perfeição: "Nimiamente apurado, e atilado, que quer tudo com muita exatidão, e pontualidade, e não sofre o mínimo defeito". Gilberto Freire, no *Manifesto Regionalista* (p. 28 da 4ª ed.), escreve *pichoso*. As edições da W.M. Jackson, sem qualquer justificativa, "emendam" para *caprichosa!*

um roidinho de barata. Outra raiva de D. Benedita, porque a chinela era muito galante, e fora-lhe dada por uma amiga do ano passado. Um anjo, um verdadeiro anjo! D. Benedita fitou os olhos irritados no sinal branco; felizmente a expressão bonachã deles não era tão bonachã que se deixasse eliminar de todo por outras expressões menos passivas, e retomou o seu lugar. D. Benedita entrou a virar e revirar a chinela, e a passá-la de uma para outra mão, a princípio com amor, logo depois maquinalmente, até que as mãos pararam de todo, a chinela caiu no regaço, e D. Benedita ficou a olhar para o ar, parada, fixa. Nisto o relógio da sala de jantar começou a bater horas. D. Benedita, logo às primeiras duas, estremeceu:

— Jesus! Dez horas!

E, rápida, calçou a chinela, concertou depressa o punho do roupão, e dirigiu-se à escrivaninha, para começar a carta Escreveu, com efeito, a data, e um: — "Meu ingrato marido"; enfim, mal traçara estas linhas: — "Você lembrou-se ontem de mim? Eu...", quando Eulália lhe bateu à porta, bradando:

— Mamãe, mamãe, são horas de almoçar.

D. Benedita abriu a porta, Eulália beijou-lhe a mão, depois levantou as suas ao céu:

— Meu Deus! que dorminhoca!

— O almoço está pronto?

— Há que séculos!

— Mas eu tinha dito que hoje o almoço era mais tarde... Estava escrevendo a teu pai.

Olhou alguns instantes para a filha, como desejosa de lhe dizer alguma cousa grave, ao menos difícil, tal era a expressão indecisa e séria dos olhos. Mas não chegou a dizer nada; a filha repetiu que o almoço estava na mesa, pegou-lhe do braço e levou-a.

Deixemo-las almoçar à vontade; descansemos nessa outra sala, a de visitas, sem aliás inventariar os móveis dela. como o não fizemos em nenhuma outra sala ou quarto. Não é que eles não prestem, ou sejam de mau gosto; ao contrario são bons. Mas a impressão geral que se recebe é esquisita.

como se ao trastejar daquela casa houvesse presidido um plano truncado, ou uma sucessão de planos truncados. Mãe, filha e filho almoçaram. Deixemos o filho, que nos não importa, um pirralho de doze anos, que parece ter oito, tão mofino é ele. Eulália interessa-nos, não só pelo que vimos de relance no capítulo passado, como porque, ouvindo a mãe falar em D. Maria dos Anjos e no Leandrinho, ficou muito séria e, talvez, um pouco amuada. D. Benedita percebeu que o assunto não era aprazível à filha, e recuou da conversa, como alguém que desanda uma rua para evitar um importuno; recuou e ergueu-se; a filha veio com ela para a sala de visitas.

Eram onze horas menos um quarto. D. Benedita conversou com a filha até depois do meio-dia, para ter tempo de descansar o almoço e escrever a carta. Sabem que a mala fecha às duas horas. De fato, alguns minutos, poucos, depois do meio-dia, D. Benedita disse à filha que fosse estudar piano, porque ela ia acabar a carta. Saiu da sala; Eulália foi à janela, relanceou a vista pelo Campo, e, se lhes disser que com um pontazinha de tristeza nos olhos, podem crer que é a pura verdade. Não era, todavia, a tristeza dos débeis ou dos indecisos; era a tristeza dos resolutos, a quem dói de antemão um ato pela mortificação que há de trazer a outros, e que, não obstante, juram a si mesmos praticá-lo, e praticam. Convenho que nem todas essas particularidades podiam estar nos olhos de Eulália, mas por isso mesmo é que as histórias são contadas por alguém, que se incumbe de preencher as lacunas e divulgar o escondido. Que era uma tristeza máscula, era; — e que daí a pouco os olhos sorriam de um sinal de esperança, também não é mentira.

— Isto acaba, murmurou ela, vindo para dentro.

Justamente nessa ocasião parava um carro à porta, apeava-se uma senhora, ouvia-se a campainha da escada, descia um moleque a abrir a cancela, e subia as escadas D. Maria dos Anjos. D. Benedita, quando lhe disseram quem era, largou a pena, alvoroçada; vestiu-se à pressa, calçou-se, e foi à sala.

— Com este tempo! exclamou. Ah! isto é que é querer bem à gente!

— Vim sem esperar pela sua visita, só para mostrar que não gosto de cerimônias, e que entre nós deve haver a maior liberdade.

Vieram os cumprimentos de estilo, as palavrinhas doces, os afagos da véspera. D. Benedita não se fartava de dizer que a visita naquele dia era uma grande fineza, uma prova de verdadeira amizade; mas queria outra, acrescentou daí a um instante, que D. Maria dos Anjos ficasse para jantar. Esta desculpou-se alegando que tinha de ir a outras partes; demais, essa era a prova que lhe pedia, — a de ir jantar à casa dela primeiro. D. Benedita não hesitou, prometeu que sim, naquela mesma semana.

— Estava agora mesmo escrevendo o seu nome, continuou.

— Sim?

— Estou escrevendo a meu marido, e falo da senhora. Não lhe repito o que escrevi, mas imagine que falei muito mal da senhora, que era antipática, insuportável, maçante, aborrecida... Imagine!

— Imagino, imagino. Pode acrescentar que, apesar de ser tudo isso, e mais alguma cousa, apresento-lhe os meus respeitos.

— Como ela tem graça para dizer as cousas! comentou D. Benedita olhando para a filha.

Eulália sorriu sem convicção. Sentada na cadeira fronteira à mãe, ao pé da outra ponta do sofá em que estava D. Maria dos Anjos, — Eulália dava à conversação das duas a soma de atenção que a cortesia lhe impunha, e nada mais. Chegava a parecer aborrecida; cada sorriso que lhe abria a boca era de um amarelo pálido, um sorriso de favor. Uma das tranças, — era de manhã, trazia o cabelo em duas tranças caídas pelas costas abaixo, — uma delas servia-lhe de pretexto a alheiar-se de quando em quando, porque puxava-a para a frente e contava-lhe os fios do cabelo, — ou parecia contá-los. Assim o creu D. Maria dos Anjos, quando lhe lançou uma ou duas vezes os olhos, curiosa, desconfiada. D. Benedita é que não via nada; via a amiga, a feiticeira, como lhe chamou duas ou três vezes, — "feiticeira como ela só".

— Já!

D. Maria dos Anjos explicou que tinha de ir a outras visitas; mas foi obrigada a ficar ainda alguns minutos, a pedido da amiga. Como trouxesse um mantelete de renda preta, muito elegante, D. Benedita disse que tinha um igual e mandou buscá-lo. Tudo demoras. Mas a mãe do Leandrinho estava tão contente! D. Benedita enchia-lhe o coração: achava nela todas as qualidades que melhor se ajustavam à sua alma e aos seus costumes, ternura, confiança, entusiasmo, simplicidade, uma familiaridade cordial e pronta. Veio o mantelete; vieram oferecimentos de alguma cousa, um doce, um licor, um refresco; D. Maria dos Anjos não aceitou nada mais do que um beijo e a promessa de que iriam jantar com ela naquela semana.

— Quinta-feira, disse D. Benedita.

— Palavra?

— Palavra.

— Que quer que lhe faça se não for? Há de ser um castigo bem forte.

— Bem forte? Não me fale mais.

D. Maria dos Anjos beijou com muita ternura a amiga: depois abraçou e beijou também a Eulália, mas a efusão era muito menor de parte a parte. Uma e outra mediam-se, estudavam-se, começavam a compreender-se. D. Benedita levou a amiga até o patamar da escada, depois foi à janela para vê-la entrar no carro; a amiga, depois de entrar no carro, pôs a cabeça de fora, olhou para cima, e disse-lhe adeus. com a mão.

— Não falte, ouviu?

— Quinta-feira.

Eulália já não estava na sala; D. Benedita correu a acabar a carta. Era tarde: não relatara o jantar da véspera, nem já agora podia fazê-lo. Resumiu tudo; encareceu muito as novas relações; enfim, escreveu estas palavras:

"O cônego Roxo falou-me em casar Eulália com o filho de D. Maria dos Anjos; é um moço formado em direito este ano; é conservador, e espera uma promotoria, agora, se o Itaboraí não deixar o ministério. Eu acho que o casamento é o melhor possível. O Dr. Leandrinho (é o nome dele) é muito bem educado; fez um brinde a você, cheio de palavras tão bonitas, que eu chorei. Eu não sei se Eulália quererá ou não: desconfio de outro sujeito que outro dia esteve conosco nas Laranjeiras. Mas você que pensa? Devo limitar-me a aconselhá-la, ou impor-lhe a nossa vontade? Eu acho que devo usar um pouco da minha autoridade; mas não quero fazer nada sem que você me diga. O melhor seria se você viesse cá."

Acabou e fechou a carta; Eulália entrou nessa ocasião, ela deu-lha para mandar, sem demora, ao correio; e a filha saiu com a carta sem saber que tratava dela e do seu futuro. D. Benedita deixou-se cair no sofá, cansada, exausta. A carta era muito comprida apesar de não dizer tudo; e era-lhe tão enfadonho escrever cartas compridas!

III

Era-lhe tão enfadonho escrever cartas compridas! Esta palavra, fecho do capítulo passado, explica a longa prostração de D. Benedita. Meia hora depois de cair no sofá, ergueu-se um pouco, e percorreu o gabinete com os olhos, como procurando alguma cousa. Essa cousa era um livro. Achou o livro, e podia dizer achou os livros, pois nada menos de três estavam ali, dous abertos, um marcado em certa página, todos em cadeiras. Eram três romances que D. Benedita lia ao mesmo tempo. Um deles, note-se, custou-lhe não pouco trabalho. Deram-lhe notícia na rua, perto de casa, com muitos elogios; chegara da Europa na véspera. D. Benedita ficou tão entusiasmada, que apesar de ser longe e tarde, arrepiou caminho e foi ela mesmo comprá-lo, correndo nada menos de três livrarias. Voltou ansiosa, namorada do livro, tão namorada que abriu as folhas, jantando, e leu os cinco primeiros capítulos naquela mesma noute. Sendo preciso dormir, dormiu; no dia seguinte não pôde continuar, depois esqueceu-o. Agora, porém, passados oito dias, querendo ler alguma cousa, aconteceu-lhe justamente achá-lo à mão.

— Ah!

E ei-la que torna ao sofá, que abre o livro com amor, que mergulha o espírito, os olhos e o coração na leitura tão desastradamente interrompida. D. Benedita ama os romances, é natural; e adora os romances bonitos, é naturalíssimo. Não admira que esqueça tudo para ler este; tudo, até a lição de piano da filha, cujo professor chegou e saiu, sem que ela fosse à sala. Eulália despediu-se do professor; depois foi ao gabinete, abriu a porta, caminhou pé ante pé até o sofá, e acordou a mãe com um beijo.

— Dorminhoca!

— Ainda chove?

— Não, senhora; agora parou.

— A carta foi?

— Foi; mandei o José a toda a pressa. Aposto que mamãe esqueceu-se de dar lembranças a papai? Pois olhe, eu não me esqueço nunca.

D. Benedita bocejou. Já não pensava na carta; pensava no colete que encomendara à Charavel, um colete de barbatanas mais moles do que o último. Não gostava de barbatanas duras; tinha o corpo mui sensível. Eulália falou ainda algum tempo do pai, mas calou-se logo, e vendo no chão o livro aberto, o famoso romance, apanhou-o, fechou-o, pô-lo em cima da mesa. Nesse momento vieram trazer uma carta a D. Benedita; era do cônego Roxo, que mandava perguntar se estavam em casa naquele dia, porque iria ao enterro dos ossos.

— Pois não! bradou D. Benedita; estamos em casa, venha, pode vir.

Eulália escreveu o bilhetinho de resposta. Daí a três quartos de hora fazia o cônego a sua entrada na sala de D. Benedita. Era um bom homem o cônego, velho amigo daquela casa, na qual, além de trinchar o peru nos dias solenes, como vimos, exercia o papel de conselheiro, e exercia-o com lealdade e amor. Eulália, principalmente, merecia-lhe muito; vira-a pequena, galante, travessa, amiga dele, e criou-lhe uma afeição paternal, tão paternal que tomara a peito casá-la bem, e nenhum noivo melhor do que o Leandrinho, pensava o cônego. Naquele dia, a idéia de ir jantar com elas era antes um pretexto; o cônego queria tratar o negócio diretamente com a filha do desembargador. Eulália, ou porque adivinhasse isso mesmo, ou porque a pessoa do cônego lhe lembrasse o Leandrinho, ficou logo preocupada, aborrecida.

Mas, preocupada ou aborrecida, não quer dizer triste ou desconsolada. Era resoluta, tinha têmpera, podia resistir, e resistiu, declarando ao cônego, quando ele naquela noute lhe falou do Leandrinho, que absolutamente não queria casar.

— Palavra de moça bonita?

— Palavra de moça feia.

— Mas, por quê?

— Porque não quero.

— E se mamãe quiser?

— Não quero eu.

— Mau! isso não é bonito, Eulália.

Eulália deixou-se estar. O cônego ainda tornou ao assunto, louvou as qualidades do candidato, as esperanças da família, as vantagens do casamento; ela ouvia tudo, sem contestar nada. Mas quando o cônego formulava de um modo direto a questão, a resposta invariável era esta:

— Já disse tudo.

— Não quer?

— Não.

O desconsolo do bom cônego era profundo e sincero. Queria casá-la bem, e não achava melhor noivo. Chegou a interrogá-la discretamente, sobre se tinha alguma preferência em outra parte. Mas Eulália, não menos discretamente, respondia que não, que não tinha nada; não queria nada; não queria casar. Ele creu que era assim, mas receiou também que não fosse assim; faltava-lhe o trato suficiente das mulheres para ler através de uma negativa. Quando referiu tudo a D. Benedita, esta ficou assombrada com os termos da recusa; mas tornou logo a si, e declarou ao padre que a filha não tinha vontade, faria o que ela quisesse, e ela queria o casamento.

— Já agora nem espero resposta do pai, concluiu; declaro-lhe que ela há de casar. Quinta-feira vou jantar com D. Maria dos Anjos, e combinaremos as cousas.

— Devo dizer-lhe, ponderou o cônego, que D. Maria dos Anjos não deseja que se faça nada à força.

— Qual força! Não é preciso força.

O cônego refletiu um instante:

— Em todo caso, não violentaremos qualquer outra afeição que ela possa ter, disse ele.

D. Benedita não respondeu nada; mas consigo, no mais fundo de si mesma, jurou que, houvesse o que houvesse, acontecesse o que acontecesse, a filha seria nora de D. Maria dos Anjos. E ainda consigo, depois de sair o cônego: — Tinha que ver! um tico de gente, com fumaças de governar a casa!

A quinta-feira raiou. Eulália, — o tico de gente, — levantou-se fresca, lépida, loquaz, com todas as janelas da alma abertas ao sopro azul da manhã. A mãe acordou ouvindo um trecho italiano, cheio de melodia; era ela que cantava, alegre, sem afetação, com a indiferença das aves que cantam para si ou para os seus, e não para o poeta, que as ouve e traduz na língua imortal dos homens. D. Benedita afagara muito a idéia de a ver abatida, carrancuda, e gastara uma certa soma de imaginação em compor os seus modos, delinear os seus atos, ostentar energia e força. E nada! Em vez de uma filha rebelde, uma criatura gárrula e submissa. Era começar mal o dia; era sair aparelhada para destruir uma fortaleza, e dar com uma cidade aberta, pacífica, hospedeira, que lhe pedia o favor de entrar e partir o pão da alegria e da concórdia. Era começar o dia muito mal.

A segunda causa do tédio de D. Benedita foi um ameaço de enxaqueca, às três horas da tarde; um ameaço, ou uma suspeita de possibilidade de ameaço. Chegou a transferir a visita, mas a filha ponderou que talvez a visita lhe fizesse bem, e em todo caso, era tarde para deixar de ir. D. Benedita não teve remédio, aceitou o reparo. Ao espelho, penteando-se, esteve quase a dizer que definitivamente ficava; chegou a insinuá-lo à filha.

— Mamãe veja que D. Maria dos Anjos conta com a senhora, disse-lhe Eulália.

— Pois sim, redargüiu a mãe, mas não prometi ir doente.

Enfim, vestiu-se, calçou as luvas, deu as últimas ordens; e devia doer-lhe muito a cabeça, porque os modos eram arrebitados, uns modos de pessoa constrangida ao que não quer, A filha animava-a muito, lembrava-lhe o vidrinho dos sais, instava que saíssem, descrevia a ansiedade de D. Maria dos Anjos, consultava de dous em dous minutos o pequenino relógio, que trazia na cintura, etc. Uma amofinação, realmente.

— O que tu estás é me amofinando, disse-lhe a mãe.

E saiu, saiu exasperada, com uma grande vontade de esganar a filha, dizendo consigo que a pior cousa do mundo era ter filhas. Os filhos ainda vá: criam-se, fazem carreira por si; mas as filhas!

Felizmente, o jantar de D. Maria dos Anjos aquietou-a; e não digo que a enchesse de grande satisfação, porque não foi assim. Os modos de D. Benedita não eram os do costume; eram frios, secos, ou quase secos; ela, porém, explicou de si mesma a diferença, noticiando o ameaço da enxaqueca, notícia mais triste do que alegre, e que, aliás, alegrou a alma de D. Maria dos Anjos, por esta razão fina e profunda: antes a frieza da amiga fosse originada na doença do que na quebra do afeto. Demais, a doença não era grave. E que fosse grave! Não houve naquele dia mãos presas, olhos nos olhos, manjares comidos entre carícias mútuas; não houve nada do jantar de domingo. Um jantar apenas conversado; não alegre, conversado; foi o mais que alcançou o cônego. Amável cônego! As disposições de Eulália, naquele dia, cumularam-no de esperanças; o riso que brincava nela, a maneira expansiva da conversa, a docilidade com que se prestava a tudo, a tocar, a cantar, e o rosto afável, meigo, com que ouvia e falava ao Leandrinho, tudo isso foi para a alma do cônego uma renovação de esperanças. Logo hoje é que D. Benedita estava doente! Realmente, era caiporismo.

D. Benedita reanimou-se um pouco, à noite, depois do jantar. Conversou mais, discutiu um projeto de passeio ao Jardim Botânico, chegou mesmo a propor que fosse logo no dia seguinte; mas Eulália advertiu que era prudente esperar um ou dous dias até que os efeitos da enxaqueca desaparecessem de todo; e o olhar que mereceu à mãe, em troca do conselho, tinha a ponta aguda de um punhal. Mas a filha não tinha medo dos olhos maternos. De noite, ao despentear-se, recapitulando o dia, Eulália repetiu consigo a palavra que lhe ouvimos, dias antes, à janela:

— Isto acaba.

E, satisfeita de si, antes de dormir, puxou uma certa gaveta, tirou uma caixinha, abriu-a, aventou um cartão de alguns centímetros de altura, — um retrato. Não era retrato de mulher, não só por ter bigodes, como por estar fardado; era, quando muito, um oficial de marinha. Se bonito ou feio, é matéria de opinião. Eulália achava-o bonito; a prova é que o beijou, não digo uma vez, mas três. Depois mirou-o, com saudade, tornou a fechá-lo e guardá-lo.

Que fazias tu, mãe cautelosa e ríspida, que não vinhas arrancar às mãos e à boca da filha um veneno tão sutil e mortal? D. Benedita, à janela, olhava a noite, entre as estrelas e os lampiões de gás, com a imaginação vagabunda, inquieta, roída de saudades e desejos. O dia tinha-lhe saído mal, desde manhã. D. Benedita confessava, naquela doce intimidade da alma consigo mesma, que o jantar de D. Maria dos Anjos não prestara para nada, e que a própria amiga não estava provavelmente nos seus dias de costume. Tinha saudades, não sabia bem de quê, e desejos, que ignorava. De quando em quando, bocejava ao modo preguiçoso e arrastado dos que caem de sono; mas se alguma cousa tinha era fastio, — fastio, impaciência, curiosidade. D. Benedita cogitou seriamente em ir ter com o marido; e tão depressa a idéia do marido lhe penetrou no cérebro, como se lhe apertou o coração de saudades e remorsos, e o sangue pulou-lhe num tal ímpeto de ir ver o desembargador que, se o paquete do Norte estivesse na esquina da rua e as malas prontas, ela embarcaria logo e logo. Não importa; o paquete devia estar prestes a sair, oito ou dez dias; era o tempo de arranjar as malas. Iria por três meses somente, não era preciso levar muita cousa. Ei-la que se consola da grande cidade fluminense, da similitude dos dias, da escassez das cousas, da persistência das caras, da mesma fixidez das modas, que era um dos seus árduos problemas: — por que é que as modas hão de durar mais de quinze dias?

— Vou, não há que ver, vou ao Pará, disse ela a meia voz.

Com efeito, no dia seguinte, logo de manhã, comunicou a resolução à filha, que a recebeu sem abalo. Mandou ver as malas que tinha, achou que era preciso mais uma, calculou o tamanho, e determinou comprá-la. Eulália, por uma inspiração súbita:

— Mas, mamãe, nós não vamos por três meses?

— Três... ou dous.

— Pois, então, não vale a pena. As duas malas chegam.

— Não chegam.

— Bem; se não chegarem, pode-se comprar na véspera. E mamãe mesmo escolhe; é melhor do que mandar esta gente que não sabe nada.

D. Benedita achou a reflexão judiciosa, e guardou o dinheiro. A filha sorriu para dentro. Talvez repetisse consigo a famosa palavra da janela: — Isto acaba. A mãe foi cuidar dos arranjos, escolha de roupas, lista das cousas que precisava comprar, um presente para o marido, etc. Ah! que alegria que ele ia ter! Depois do meio-dia saíram para fazer encomendas, visitas, comprar as passagens, quatro passagens; levavam uma escrava consigo. Eulália ainda tentou arredá-la da idéia, propondo a transferência da viagem; mas D. Benedita declarou peremptoriamente que não. No escritório da Companhia de Paquetes disseram-lhe que o do Norte saía na sexta-feira da outra semana. Ela pediu as quatro passagens; abriu a carteirinha, tirou uma nota, depois duas, refletiu um instante.

— Basta vir na véspera, não?

— Basta, mas pode não achar mais.

— Bem; o senhor guarde os bilhetes: eu mando buscar.

— O seu nome?

— O nome? O melhor é não tomar o nome; nós viremos três dias antes de sair o vapor. Naturalmente ainda haverá bilhetes.

— Pode ser.

— Há de haver.

Na rua, Eulália observou que era melhor ter comprado logo os bilhetes; e, sabendo-se que ela não desejava ir para o Norte nem para o Sul, salvo na fragata em que embarcasse o original do retrato da véspera, há de supor-se que a reflexão da moça era profundamente maquiavélica. Não digo que não. D. Benedita, entretanto, noticiou a viagem aos amigos e conhecidos, nenhum dos quais a ouviu espantado. Um chegou a perguntar-lhe se, enfim, daquela vez era certo. D. Maria dos Anjos, que sabia da viagem pelo cônego, se alguma cousa a assombrou, quando a amiga se despediu dela, foram as atitudes geladas, o olhar fixo no chão, o silêncio, a indiferença. Uma visita de dez minutos apenas, durante os quais D. Benedia disse quatro palavras no princípio: — Vamos para o Norte. E duas no fim: — Passe bem. E os beijos? Dous tristes beijos de pessoa morta.

IV

A viagem não se fez por um motivo supersticioso. D. Benedita, no domingo à noute, advertiu que o paquete seguia na sexta-feira, e achou que o dia era mau. Iriam no outro paquete. Não foram no outro; mas desta vez os motivos escapam inteiramente ao alcance do olhar humano, e o melhor alvitre em tais casos é não teimar com o impenetrável. A verdade é que D. Benedita não foi, mas iria no terceiro paquete, a não ser um incidente que lhe trocou os planos.

Tinha a filha inventado uma festa e uma amizade nova. A nova amizade era uma família do Andaraí; a festa não se sabe a que propósito foi, mas deve ter sido esplêndida, porque D. Benedita ainda falava dela três dias depois. Três dias! Realmente, era demais. Quanto à família, era impossível ser mais amável; ao menos, a impressão que deixou na alma de D. Benedita foi intensíssima. Uso este superlativo, porque ela mesma o empregou: é um documento humano.

— Aquela gente? Oh! deixou-me uma impressão intensíssima.

E toca a andar para Andaraí, namorada de D. Petronilha, esposa do conselheiro Beltrão, e de uma irmã dela, D. Maricota, que ia casar com um oficial de marinha, irmão de outro oficial de marinha, cujos bigodes, olhos, cara, porte, cabelos, são os mesmos do retrato que o leitor entreviu há tempos na gavetinha de Eulália. A irmã casada tinha trinta e dous anos, e uma seriedade, umas maneiras tão bonitas, que deixaram encantada a esposa do desembargador. Quanto à irmã solteira era uma flor, uma flor de cera, outra expressão de D. Benedita, que não altero com receio de entibiar a verdade.

Um dos pontos mais obscuros desta curiosa história é a pressa com que as relações se travaram, e os acontecimentos se sucederam. Por exemplo, uma das pessoas que estiveram em Andaraí, com D. Benedita, foi o oficial de marinha retratado no cartão particular de Eulália, 1º tenente Mascarenhas, que o conselheiro Beltrão proclamou futuro almirante. Vede, porém, a perfídia do oficial: vinha fardado; e D. Benedita, que amava os espetáculos novos, achou-o tão distinto, tão bonito, entre os outros moços à paisana, que o preferiu a todos, e lho disse. O oficial agradeceu comovido. Ela ofereceu-lhe a casa; ele pediu-lhe licença para fazer uma visita.

— Uma visita? Vá jantar conosco.

Mascarenhas fez uma cortesia de aquiescência.

— Olhe, disse D. Benedita, vá amanhã.

Mascarenhas foi, e foi mais cedo. D. Benedita falou-lhe da vida do mar; ele pediu-lhe a filha em casamento. D. Benedita ficou sem voz, pasmada. Lembrou-se, é verdade, que desconfiara dele, um dia, nas Laranjeiras; mas a suspeita acabara. Agora não os vira conversar nem olhar uma só vez. Em casamento! Mas seria mesmo em casamento? Não podia ser outra cousa; a atitude séria, respeitosa, implorativa do rapaz dizia bem que se tratava de um casamento. Que sonho! Convidar um amigo, e abrir a porta a um genro: era o cúmulo do inesperado. Mas o sonho era bonito; o oficial de marinha era um galhardo rapaz, forte, elegante, simpático, metia toda a gente no coração, e principalmente parecia adorá-la, a ela, D. Benedita. Que magnífico sonho! D. Benedita voltou do pasmo, e respondeu que sim, que Eulália era sua. Mascarenhas pegou-lhe na mão e beijou-a filialmente.

— Mas o desembargador? disse ele.

— O desembargador concordará comigo.

Tudo andou assim depressa. Certidões passadas, banhos corridos, marcou-se o dia do casamento; seria vinte e quatro horas depois de recebida a resposta do desembargador. Que alegria a da boa mãe! que atividade no preparo do enxoval, no plano e nas encomendas da festa, na escolha dos convidados, etc.! Ela ia de um lado para outro, ora a pé, ora de carro, fizesse chuva ou sol. Não se detinha no mesmo objeto muito tempo; a semana do enxoval não era a do preparo da festa, nem a das visitas; alternava as cousas, voltava atrás, com certa confusão, é verdade. Mas aí estava a filha para suprir as faltas, corrigir os defeitos, cercear as demasias, tudo com a sua habilidade natural. Ao contrário de todos os noivos, este não as importunava; não jantava todos os dias com elas, segundo lhe pedia a dona da casa; jantava aos domingos, e visitava-as uma vez por semana. Matava as saudades por meio de cartas, que eram contínuas, longas e secretas, como no tempo do namoro. D. Benedita não podia explicar uma tal esquivança, quando ela morria por ele; e então vingava-se da esquisitice, morrendo ainda mais, e dizendo dele por toda a parte as mais belas cousas do mundo.

— Uma pérola! uma pérola!

— E um bonito rapaz, acrescentavam.

— Não é? De truz.

A mesma cousa repetia ao marido nas cartas que lhe mandava, antes e depois de receber a resposta da primeira. A resposta veio; o desembargador deu o seu consentimento, acrescentando que lhe doía muito não poder vir assistir às bodas, por achar-se um tanto adoentado; mas abençoava de longe os filhos, e pedia o retrato do genro.

Cumpriu-se o acordo à risca. Vinte e quatro horas depois de recebida a resposta do Pará efetuou-se o casamento, que foi uma festa admirável, esplêndida, no dizer de D. Benedita, quando a contou a algumas amigas. Oficiou o cônego Roxo, e claro é que D. Maria dos Anjos não esteve presente, e menos ainda o filho. Ela esperou, note-se, até à última hora um bilhete de participação, um convite, uma visita, embora se abstivesse de comparecer; mas não recebeu nada. Estava atônita, revolvia a memória a ver se descobria alguma inadvertência sua que pudesse explicar a frieza das relações; não achando nada, supôs alguma intriga. E supôs mal, pois foi um simples esquecimento. D. Benedita, no dia do consórcio, de manhã, teve idéia de que D. Maria dos Anjos não recebera participação.

— Eulália, parece que não mandamos participação a D. Maria dos Anjos? disse ela à filha, almoçando.

— Não sei; mamãe é quem se incumbiu dos convites.

— Parece que não, confirmou D. Benedita. João, dá cá mais açúcar.

O copeiro deu-lhe o açúcar; ela, mexendo o chá, lembrou-se do carro que iria buscar o cônego e reiterou uma ordem da véspera.

Mas a fortuna é caprichosa. Quinze dias depois do casamento, chegou a notícia do óbito do desembargador. Não descrevo a dor de D. Benedita; foi dilacerante e sincera. Os noivos, que devaneavam na Tijuca, vieram ter com ela; D. Benedita chorou todas as lágrimas de uma esposa austera e fidelíssima. Depois da missa do sétimo dia, consultou a filha e o genro acerca da idéia de ir ao Pará, erigir um túmulo ao marido, e beijar a terra em que ele repousava. Mascarenhas trocou um olhar com a mulher; depois disse à sogra que era melhor irem juntos, porque ele devia seguir para o Norte daí a três meses em comissão do governo. D. Benedita recalcitrou um pouco, mas aceitou o prazo, dando desde logo todas as ordens necessárias à construção do túmulo. O túmulo fez-se; mas a comissão não veio, e D. Benedita não pôde ir.

Cinco meses depois, deu-se um pequeno incidente na família. D. Benedita mandara construir uma casa no caminho da Tijuca, e o genro, com o pretexto de uma interrupção na obra, propôs acabá-la. D. Benedita consentiu, e o ato era tanto mais honroso para ela, quanto que o genro começava a parecer-lhe insuportável com a sua excessiva disciplina, com as suas teimas, impertinências, etc. Verdadeiramente, não havia teimas; nesse particular, o genro de D. Benedita contava tanto com a sinceridade da sogra que nunca teimava; deixava que ela própria se desmentisse dias depois. Mas pode ser que isto mesmo a mortificasse. Felizmente, o governo lembrou-se de o mandar ao Sul; Eulália, grávida, ficou com a mãe.

Foi por esse tempo que um negociante, viúvo, teve idéia de cortejar D. Benedita. O primeiro ano da viuvez estava passado. D. Benedita acolheu a idéia com muita simpatia, embora sem alvoroço. Defendia-se consigo; alegava a idade e os estudos do filho, que em breve estaria a caminho de São Paulo, deixando-a só, sozinha no mundo. O casamento seria uma consolação, uma companhia. E consigo, na rua ou em casa, nas horas disponíveis, aprimorava o plano com todos os floreios da imaginação vivaz e súbita; era uma vida nova, pois desde muito, antes mesmo da morte do marido, pode-se dizer que era viúva. O negociante gozava do melhor conceito: a escolha era excelente.

Não casou. O genro tornou do Sul, a filha deu à luz um menino robusto e lindo, que foi a paixão da avó durante os primeiros meses. Depois, o genro, a filha e o neto foram para o Norte. D. Benedita achou-se só e triste; o filho não bastava aos seus afetos. A idéia de viajar tornou a rutilar-lhe na mente, mas como um fósforo, que se apaga logo. Viajar sozinha era cansar e aborrecer-se ao mesmo tempo; achou melhor ficar. Uma companhia lírica, adventícia, sacudiu-lhe o torpor, e restituiu-a à sociedade. A sociedade incutiu-lhe outra vez a idéia do casamento, e apontou-lhe logo um pretendente, desta vez um advogado, também viúvo.

— Casarei? não casarei?

Uma noite, volvendo D. Benedita este problema, à janela da casa de Botafogo, para onde se mudara desde alguns meses, viu um singular espetáculo. Primeiramente uma claridade opaca, espécie de luz coada por um vidro fosco, vestia o espaço da enseada, fronteiro à janela. Nesse quadro apareceu-lhe uma figura vaga e transparente, trajada de nevoas, toucada de reflexos, sem contornos definidos, porque morriam todos no ar. A figura veio até ao peitoril da janela de D. Benedita; e de um gesto sonolento, com uma voz de criança, disse-lhe estas palavras sem sentido:

— Casa... não casarás... se casas... casarás... não casarás... e casas... casando...

D. Benedita ficou aterrada, sem poder mexer-se; mas ainda teve a força de perguntar à figura quem era. A figura achou um princípio de riso, mas perdeu-o logo; depois respondeu que era a fada que presidira ao nascimento de D. Benedita: Meu nome é Veleidade, concluiu; e, como um suspiro, dispersou-se na noite e no silêncio.

O SEGREDO DO BONZO

CAPÍTULO INÉDITO DE FERNÃO MENDES PINTO

Atrás deixei narrado o que se passou nesta cidade Fuchéu, capital do reino de Bungo, com o padre-mestre Francisco, e de como el-rei se houve com o Fucarandono e outros bonzos, que tiveram por acertado disputar ao padre as primazias da nossa santa religião. Agora direi de uma doutrina não menos curiosa que saudável ao espírito, e digna de ser divulgada a todas as repúblicas da cristandade.

Um dia, andando a passeio com Diogo Meireles, nesta mesma cidade Fuchéu, naquele ano de 1552, sucedeu deparar-se-nos um ajuntamento de povo, à esquina de uma rua, em torno a um homem da terra, que discorria com grande abundância de gestos e vozes. O povo, segundo o esmo mais baixo, seria passante de cem pessoas, varões somente, e todos embasbacados. Diogo Meireles, que melhor conhecia a língua da terra, pois ali estivera muitos meses, quando andou com bandeira de veniaga (agora ocupava-se no exercício da medicina, que estudara convenientemente, e em que era exímio) ia-me repetindo pelo nosso idioma o que ouvia ao orador, e que, em resumo, era o seguinte: — Que ele não queria outra cousa mais do que afirmar a origem dos grilos, os quais procediam do ar e das folhas de coqueiro, na conjunção da lua nova; que este descobrimento, impossível a quem não fosse, como ele, matemático, físico e filósofo, era fruto de dilatados anos de aplicação, experiência e estudo, trabalhos e até perigos de vida;

mas enfim, estava feito, e todo redundava em glória do reino de Bungo, e especialmente da cidade Fuchéu, cuja filho era; e, se por ter aventado tão sublime verdade, fosse necessário aceitar a morte, ele a aceitaria ali mesmo, tão certo era que a ciência valia mais do que a vida e seus deleites.

A multidão, tanto que ele acabou, levantou um tumulto de aclamações, que esteve a ponto de ensurdecer-nos, e alçou nos braços o homem, bradando: Patimau, Patimau, viva Patimau que descobriu a origem dos grilos! E todos se foram com ele ao alpendre de um mercador, onde lhe deram refrescos e lhe fizeram muitas saudações e reverências, à maneira deste gentio, que é em extremo obsequioso e cortesão.

Desandando o caminho, vínhamos nós, Diogo Meireles e eu, falando do singular achado da origem dos grilos, quando, a pouca distância daquele alpendre, obra de seis credos, não mais, achámos outra multidão de gente, em outra esquina, escutando a outro homem. Ficámos espantados com a semelhança do caso, e Diogo Meireles, visto que também este falava apressado, repetiu-me na mesma maneira o teor da oração. E dizia este outro, com grande admiração e aplauso da gente que o cercava, que enfim descobrira o princípio da vida futura, quando a terra houvesse de ser inteiramente destruída, e era nada menos que uma certa gota de sangue de vaca; daí provinha a excelência da vaca para habitação das almas humanas, e o ardor com que esse distinto animal era procurado por muitos homens à hora de morrer; descobrimento que ele podia afirmar com fé e verdade, por ser obra de experiências repetidas e profunda cogitação, não desejando nem pedindo outro galardão mais que dar glória ao reino de Bungo e receber dele a estimação que os bons filhos merecem. O povo, que escutara esta fala com muita veneração, fez o mesmo alarido e levou o homem ao dito alpendre, com a diferença que o trepou a uma charola; ali chegando, foi regalado com obséquios iguais aos que faziam a Patimau, não havendo nenhuma distinção entre eles, nem outra competência nos banqueteadores, que não fosse a de dar graças a ambos os banqueteados.

Ficámos sem saber nada daquilo, porque nem nos parecia casual a semelhança exata dos dous encontros, nem racional ou crível a origem dos grilos, dada por Patimau, ou o princípio da vida futura, descoberto por Languru, que assim se chamava o outro. Sucedeu, porém, costearmos a casa de um certo Titané, alparqueiro, o qual correu a falar a Diogo Meireles, de quem era amigo. E, feitos os cumprimentos, em que o alparqueiro chamou as mais galantes cousas a Diogo Meireles, tais como — ouro da verdade e sol do pensamento, — contou-lhe este o que víramos e ouvíramos pouco antes. Ao que Titané acudiu com grande alvoroço: — Pode ser que eles andem cumprindo uma nova doutrina, dizem que inventada por um bonzo de muito saber, morador em umas casas pegadas ao monte Coral. E porque ficássemos cobiçosos de ter alguma notícia da doutrina, consentiu Titané em ir conosco no dia seguinte às casas do bonzo, e acrescentou: — Dizem que ele não a confia a nenhuma pessoa, senão às que de coração se quiserem filiar a ela; e, sendo assim, podemos simular que o queremos unicamente com o fim de a ouvir; e se for boa, chegaremos a praticá-la à nossa vontade.

No dia seguinte, ao modo concertado, fomos às casas do dito bonzo, por nome Pomada, um ancião de cento e oito anos, muito lido e sabido nas letras divinas e humanas, e grandemente aceito a toda aquela gentilidade, e por isso mesmo malvisto de outros bonzos, que se finavam de puro ciúme. E tendo ouvido o dito bonzo a Titané quem éramos e o que queríamos, iniciou-nos primeiro com várias cerimônias e bugiarias necessárias à recepção da doutrina, e só depois dela é que alçou a voz para confiá-la e explicá-la.

— Haveis de entender, começou ele, que a virtude e o saber, têm duas existências paralelas, uma no sujeito que as possui, outra no espírito dos que o ouvem ou contemplam. Se puserdes as mais sublimes virtudes e os mais profundos conhecimentos em um sujeito solitário, remoto de todo contacto com outros homens, é como se eles não existissem. Os frutos de uma laranjeira, se ninguém os gostar, valem tanto como as urzes e plantas bravias, e, se ninguém os vir, não valem nada; ou, por outras palavras mais enérgicas, não há espetáculo sem espectador. Um dia, estando a cuidar nestas cousas, considerei que, para o fim de alumiar um pouco o entendimento, tinha consumido os meus longos anos, e, aliás, nada chegaria a valer sem a existência de outros homens que me vissem e honrassem; então cogitei se não haveria um modo de obter o mesmo efeito, poupando tais trabahos, e esse dia posso agora dizer que foi o da regeneração dos homens, pois me deu a doutrina salvadora.

Neste ponto, afiámos os ouvidos e ficámos pendurados da boca do bonzo, o qual, como lhe dissesse Diogo Meireles que a língua da terra me não era familiar, ia falando com grande pausa, porque eu nada perdesse. E continuou dizendo:

— Mal podeis adivinhar o que me deu idéia da nova doutrina; foi nada menos que a pedra da lua, essa insigne pedra tão luminosa que, posta no cabeço de uma montanha ou no píncaro de uma torre, dá claridade a uma campina inteira, ainda a mais dilatada. Uma tal pedra, com tais quilates de luz, não existiu nunca, e ninguém jamais a viu; mas muita gente crê que existe e mais de um dirá que a viu com os seus próprio olhos. Considerei o caso, e entendi que, se uma cousa pode existir na opinião, sem existir na realidade, e existir na realidade, sem existir na opinião, a conclusão é que das duas existências paralelas a única necessária é a da opinião, não a da realidade, que é apenas conveniente. Tão depressa fiz este achado especulativo, como dei graças a Deus do favor especial, e determinei-me a verificá-lo por experiências; o que alcancei, em mais de um caso, que não relato, por vos não tomar o tempo. Para compreender a eficácia do meu sistema, basta advertir que os grilos não podem nascer do ar e das folhas de coqueiro, na conjunção da lua nova, e por outro lado, o princípio da vida futura não está em uma certa gota de sangue de vaca; mas Patimau e Languru, varões astutos, com tal arte souberam meter estas duas idéias no ânimo da multidão, que hoje desfrutam a nomeada de grandes físicos e maiores filósofos, e têm consigo pessoas capazes de dar a vida por eles.

Não sabíamos em que maneira déssemos ao bonzo as mostras do nosso vivo contentamento e admiração. Ele interrogou-nos ainda algum tempo, compridamente, acerca da doutrina e dos fundamentos dela, e depois de reconhecer que a entendíamos, incitou-nos a praticá-la, a divulgá-la cautelosamente, não porque houvesse nada contrário às leis divinas ou humanas, mas porque a má compreensão dela podia daná-la e perdê-la em seus primeiros passos; enfim, despediu-se de nós com a certeza (são palavras suas) de que abalávamos dali com a verdadeira alma de pomadistas; denominação esta que, por se derivar do nome dele, lhe era em extremo agradável.

Com efeito, antes de cair a tarde, tínhamos os três combinado em pôr por obra uma idéia tão judiciosa quão lucrativa, pois não é só lucro o que se pode haver em moeda, senão também o que traz consideração e louvor, que é outra e melhor espécie de moeda, conquanto não dê para comprar damascos ou chaparias de ouro. Combinamos, pois, à guisa de experiência, meter cada um de nós, no ânimo da cidade Fuchéu, uma certa convicção, mediante a qual houvéssemos os mesmos benefícios que desfrutavam Patimau e Languru; mas, tão certo é que o homem não olvida o seu interesse, entendeu Titané que lhe cumpria lucrar de duas maneiras, cobrando da experiência ambas as moedas, isto é, vendendo também as suas alparcas: ao que nos não opusemos, por nos parecer que nada tinha isso com o essencial da doutrina.

Consistiu a experiência de Titané em uma cousa que não sei como diga para que a entendam. Usam neste reino de Bungo, e em outros destas remotas partes, um papel feito de casca de canela moída e goma, obra mui prima, que eles talham depois em pedaços de dois palmos de comprimento, e meio de largura, nos quais desenham com vivas e variadas cores, e pela língua do país, as notícias da semana, políticas, religiosas, mercantis e outras, as novas leis do reino, os nomes das fustas, lancharas, balões e toda a casta de barcos que navegam estes mares, ou em guerra, que a há freqüente, ou de veniaga. E digo as notícias da semana, porque as ditas folhas são feitas de oito em oito dias, em grande cópia, e distribuídas ao gentio da terra, a troco de uma espórtula, que cada um dá de bom grado para ter as notícias primeiro que os demais moradores. Ora, o nosso Titané não quis melhor esquina que este papel, chamado pela nossa língua *Vida e claridade das cousas mundanas e celestes*, título expressivo, ainda que um tanto derramado. E, pois, fez inserir no dito papel que acabavam de chegar notícias frescas de toda a costa de Malabar e da China, conforme as quais não havia outro cuidado que não fossem as famosas alparcas dele Titané; que estas alparcas eram chamadas as primeiras do mundo, por serem mui sólidas e graciosas; que nada menos de vinte e dous mandarins iam requerer ao imperador para que, em vista do esplendor das famosas alparcas de Titané, as primeiras do universo, fosse criado o título honorífico de "alparca do Estado", para recompensa dos que se distinguissem em qualquer disciplina do entendimento; que eram grossíssimas as encomendas feitas de todas as partes, às quais ele Titané ia acudir, menos por amor ao lucro do que pela glória que dali provinha à nação; não recuando, todavia, do propósito em que estava e ficava de dar de graça aos pobres do reino umas cinqüenta corjas das ditas alparcas, conforme já fizera declarar a el-rei e o repetia agora; enfim, que apesar da primazia no fabrico das alparcas assim reconhecida em toda a terra, ele sabia os deveres da moderação, e nunca se julgaria mais do que um obreiro diligente e amigo da glória do reino de Bungo.

A leitura desta notícia comoveu naturalmente a toda a cidade Fuchéu, não se falando em outra cousa durante toda aquela semana. As alparcas de Titané, apenas estimadas, começaram de ser buscadas com muita curiosidade e ardor, e ainda mais nas semanas seguintes, pois não deixou ele de entreter a cidade, durante algum tempo, com muitas e extraordinárias anedotas acerca da sua mercadoria. E dizia-nos com muita graça:

— Vede que obedeço ao principal da nossa doutrina, pois não estou persuadido da superioridade das tais alparcas, antes as tenho por obra vulgar, mas fi-lo crer ao povo, que as vem comprar agora, pelo preço que lhes taxo.

— Não me parece, atalhei, que tenhais cumprido a doutrina em seu rigor e substância, pois não nos cabe inculcar aos outros uma opinião que não temos, e sim a opinião de uma qualidade que não possuímos; este é, ao certo, o essencial dela.

Dito isto, assentaram os dous que era a minha vez de tentar a experiência, o que imediatamente fiz; mas deixo de a relatar em todas as suas partes, por não demorar a narração da experiência de Diogo Meireles, que foi a mais decisiva das três, e a melhor prova desta deliciosa invenção do bonzo. Direi somente que, por algumas luzes que tinha de música e charamela, em que aliás era mediano, lembrou-me congregar os principais de Fuchéu para que me ouvissem tanger o instrumento; os quais vieram, escutaram e foram-se repetindo que nunca antes tinham ouvido cousa tão extraordinária. E confesso que alcancei um tal resultado com o só recurso dos ademanes, da graça em arquear os braços para tomar a charamela, que me foi trazida em uma bandeja de prata, da rigidez do busto, da unção com que alcei os olhos ao ar, e do desdém e ufania com que os baixei à mesma assembléia, a qual neste ponto rompeu em um tal concerto de vozes e exclamações de entusiasmo, que quase me persuadiu do meu merecimento.

Mas, como digo, a mais engenhosa de todas as nossas experiências, foi a de Diogo Meireles. Lavrava então na cidade uma singular doença, que consistia em fazer inchar os narizes, tanto e tanto, que tomavam metade e mais da cara ao paciente, e não só a punham horrenda, senão que era molesto carregar tamanho peso. Conquanto os físicos da terra propusessem extrair os narizes inchados, para alívio e melhoria dos enfermos, nenhum destes consentia em prestar-se ao curativo, preferindo o excesso à lacuna, e tendo por mais aborrecível que nenhuma outra cousa a ausência daquele órgão. Neste apertado lance, mais de um recorria à morte voluntária, como um remédio, e a tristeza era muita em toda a cidade Fuchéu. Diogo Meireles, que desde algum tempo praticava a medicina, segundo ficou dito atrás, estudou a moléstia e reconheceu que não havia perigo em desnarigar os doentes, antes era vantajoso por lhes levar o mal, sem trazer fealdade, pois tanto valia um nariz disforme e pesado como nenhum; não alcançou, todavia, persuadir os infelizes ao sacrifício. Então ocorreu-lhe uma graciosa invenção. Assim foi que, reunindo muitos físicos, filósofos, bonzos, autoridades e povo, comunicou-lhes que tinha um segredo para eliminar o órgão; e esse segredo era nada menos que substituir o nariz achacado por um nariz são, mas de pura natureza metafísica, isto é, inacessível aos sentidos humanos, e contudo tão verdadeiro ou ainda mais do que o cortado; cura esta praticada por ele em várias partes, e muito aceita aos físicos de Malabar. O assombro da assembléia foi imenso, e não menor a incredulidade de alguns, não digo de todos, sendo que a maioria não sabia que acreditasse, pois se lhe repugnava a metafísica do nariz, cedia entretanto à energia das palavras de Diogo Meireles, ao tom alto e convencido com que ele expôs e definiu o seu remédio. Foi então que alguns filósofos, ali presentes, um tanto envergonhados do saber de Diogo Meireles, não quiseram ficar-lhe atrás, e declararam que havia bons fundamentos para uma tal invenção, visto não ser o homem todo outra cousa mais do que um produto da idealidade transcendental; donde resultava que podia trazer, com toda a verossimilhança, um nariz metafísico, e juravam ao povo que o efeito era o mesmo.

A assembléia aclamou a Diogo Meireles; e os doentes começaram de buscá-lo, em tanta cópia, que ele não tinha mãos a medir. Diogo Meireles desnarigava-os com muitíssima arte; depois estendia delicadamente os dedos a uma caixa, onde fingia ter os narizes substitutos, colhia um e aplicava-o ao lugar vazio. Os enfermos, assim curados e supridos, olhavam uns para os outros, e não viam nada no lugar do órgão cortado; mas, certos e certíssimos de que ali estava o órgão substituto, e que este era inacessível aos sentidos humanos, não se davam por defraudados, e tornavam aos seus ofícios. Nenhuma outra prova quero da eficácia da doutrina e do fruto dessa experiência, senão o fato de que todos os desnarigados de Diogo Meireles continuaram a prover-se dos mesmos lenços de assoar. O que tudo deixo relatado para glória do bonzo e benefício do mundo.

O ANEL DE POLÍCRATES

A

Lá vai o Xavier.

Z

Conhece o Xavier?

A

Há que anos! Era um nababo, rico, podre de rico, mas pródigo...

Z

Que rico? que pródigo?

A

Rico e pródigo, digo-lhe eu. Bebia pérolas diluídas em néctar. Comia línguas de rouxinol. Nunca usou papel mata-borrão, por achá-lo vulgar e mercantil; empregava areia nas cartas, mas uma certa areia feita de pó de diamante. E mulheres! Nem toda a pompa de Salomão pode dar idéia do que era o Xavier nesse particular. Tinha um serralho: a linha grega, a tez romana, a exuberância turca, todas as perfeições de uma raça, todas as prendas de um clima, tudo era admitido no harém do Xavier. Um dia enamorou-se loucamente de uma senhora de alto coturno, e enviou-lhe de mimo três estrelas do Cru-

Quem conversava com ele sentia vertigens.

zeiro, que então contava sete, e não pense que o portador foi aí qualquer pé-rapado. Não, senhor. O portador foi um dos arcanjos de Mílton, que o Xavier chamou na ocasião em que ele cortava o azul para levar a admiração dos homens ao seu velho pai inglês. Era assim o Xavier. Capeava os cigarros com um papel de cristal, obra finíssima, e, para acendê-los, trazia consigo uma caixinha de raios do sol. As colchas da cama eram nuvens purpúreas, e assim também a esteira que forrava o sofá de repouso, a poltrona da secretária e a rede. Sabe quem lhe fazia o café, de manhã? A Aurora, com aqueles mesmos dedos cor-de-rosa, que Homero lhe pôs. Pobre Xavier! Tudo o que o capricho e a riqueza podem dar, o raro, o esquisito, o maravilhoso, o indescritível, o inimaginável, tudo teve e devia ter, porque era um galhardo rapaz, e um bom coração. Ah! fortuna, fortuna! Onde estão agora as pérolas, os diamantes, as estrelas, as nuvens purpúreas? Tudo perdeu, tudo deixou ir por água abaixo; o néctar virou zurrapa, os coxins são a pedra dura da rua, não manda estrelas às senhoras, nem tem arcanjos às suas ordens...

Z

Você está enganado. O Xavier? Esse Xavier há de ser outro. O Xavier nababo! Mas o Xavier que ali vai nunca teve mais de duzentos mil-réis mensais; é um homem poupado, sóbrio, deita-se com as galinhas, acorda com os galos, e não escreve cartas a namoradas, porque não as tem. Se alguma expede aos amigos é pelo correio. Não é mendigo, nunca foi nababo.

A

Creio; esse é o Xavier exterior. Mas nem só de pão vive o homem. Você fala de Marta, eu falo-lhe de Maria; falo do Xavier especulativo...

Z

Ah! — Mas ainda assim, não acho explicação; não me consta nada dele. Que livro, que poema, que quadro...

A

Desde quando o conhece?

Z

Há uns quinze anos.

A

Upa! Conheço-o há muito mais tempo, desde que ele estreou na Rua do Ouvidor, em pleno marquês de Paraná. Era um endiabrado, um derramado, planeava todas as cousas possíveis, e até contrárias, um livro, um discurso, um medicamento, um jornal, um poema, um romance, uma história, um libelo político, uma viagem à Europa, outra ao sertão de Minas, outra à lua, em certo balão que inventara, uma candidatura política, e arqueologia, e filosofia, e teatro, etc., etc., etc. Era um saco de espantos. Quem conversava com ele sentia vertigens. Imagine uma cachoeira de idéias e imagens, qual mais original, qual mais bela, às vezes extravagante, às vezes sublime. Note que ele tinha a convicção dos seus mesmos inventos. Um dia, por exemplo, acordou com o plano de arrasar o morro do Castelo, a troco das riquezas que os jesuítas ali deixaram, segundo o povo crê. Calculou-as logo em mil contos, inventariou-as com muito cuidado, separou o que era moeda, mil contos, do que eram obras de arte e pedrarias; descreveu minuciosamente os objetos, deu-me dous tocheiros de ouro...

Z

Realmente...

A

Ah! impagável! Quer saber de outra? Tinha lido as cartas do cônego Benigno, e resolveu ir logo ao sertão da Bahia, procurar a cidade misteriosa. Expôs-me o plano, descreveu-me a arquitetura provável da cidade, os templos, os palácios, gênero etrusco, os ritos, os vasos, as roupas, os costumes...

Z

Era então doudo?

A

Originalão apenas. Odeio os carneiros de Panúrgio, dizia ele, citando Rabelais: *Comme vous sçavez estre du mouton le naturel, tousjours suivre le premier, quelque part qu'il aille.*[1] Comparava a trivialidade a uma mesa redonda de hospedaria, e jurava que antes comer um mau bife em mesa separada.

Z

Entretanto, gostava da sociedade.

A

Gostava da sociedade, mas não amava os sócios. Um amigo nosso, o Pires, fez-lhe um dia esse reparo; e sabe o que é que ele respondeu? Respondeu com um apólogo, em que cada sócio figurava ser uma cuia d'água, e a sociedade uma banheira. — Ora, eu não posso lavar-me em cuias d'água, foi a sua conclusão.

Z

Nada modesto. Que lhe disse o Pires?

A

O Pires achou o apólogo tão bonito que o meteu numa comédia, daí a tempos. Engraçado é que o Xavier ouviu o

---

1 *Panúrgio* é um personagem do livro *Pantagruel*, de François Rabelais, escritor francês (1494-1553). Representa a engenhosidade sem escrúpulos e o gosto pela mistificação. Libertino e cínico, sempre fértil em novas invenções, é o companheiro fiel de Pantagruel. O episódio dos carneiros de Panúrgio é bem conhecido: Durante a viagem de Pantagruel ao País das Lanternas, por mar, Panúrgio teve uma discussão com um negociante que o havia injuriado gravemente. Para vingar-se, comprou-lhe um dos seus carneiros, que precipitou no mar. O exemplo e os balidos deste arrastaram todos os companheiros do rebanho, que saltaram um depois do outro. A expressão "carneiros de Panúrgio" designa, assim, aqueles que se empenham em agir por espírito de imitação. — As palavras de Rabelais, em francês antigo, assim podem traduzir-se: "Como sabeis ser o natural do carneiro, sempre seguir o primeiro, aonde quer que ele vá."

apólogo no teatro, e aplaudiu-o muito, com entusiasmo; esquecera-se da paternidade; mas a voz do sangue... Isto leva-me à explicação da atual miséria do Xavier.

Z

É verdade, não sei como se possa explicar que um na-

A

Explica-se facilmente. Ele espalhava idéias à direita e à esquerda, como o céu chove, por uma necessidade física, e ainda por duas razões. A primeira é que era impaciente, não sofria a gestação indispensável à obra escrita. A segunda é que varria com os olhos uma linha tão vasta de cousas, que mal poderia fixar-se em qualquer delas. Se não tivesse o verbo fluente, morreria de congestão mental; a palavra era um derivativo. As páginas que então falava, os capítulos que lhe borbotavam da boca, só precisavam de uma arte de os imprimir no ar, e depois no papel, para serem páginas e capítulos excelentes, alguns admiráveis. Nem tudo era límpido; mas a porção límpida superava a porção turva, como a vigília de Homero paga os seus cochilos. Espalhava tudo, ao acaso, às mãos cheias, sem ver onde as sementes iam cair; algumas pegavam logo...

Z

Como a das cuias.

A

Como a das cuias. Mas, o semeador tinha a paixão das cousas belas, e, uma vez que a árvore fosse pomposa e verde, não lhe perguntava nunca pela semente sua mãe. Viveu assim longos anos, despendendo à toa, sem cálculo, sem fruto, de noite e de dia, na rua e em casa, um verdadeiro pródigo. Com tal regímen, que era a ausência de regímen, não admira que ficasse pobre e miserável. Meu amigo, a imaginação e o espírito têm limites; a não ser a famosa botelha dos saltimbancos e a credulidade dos homens, nada conheço inesgotável debaixo do

sol. O Xavier não só perdeu as idéias que tinha, mas até exauriu a faculdade de as criar; ficou o que sabemos. Que moeda rara se lhe vê hoje nas mãos? que sestércio de Horácio? que dracma de Péricles? Nada. Gasta o seu lugar-comum, rafado das mãos dos outros, come à mesa redonda, fez-se trivial, chocho...

Z

Cuia, enfim.

A

Justamente: cuia.

Z

Pois muito me conta. Não sabia nada disso. Fico inteirado; adeus.

A

Vai a negócio?

Z

Vou a um negócio.

A

Dá-me dez minutos?

Z

Dou-lhe quinze.

A

Quero referir-lhe a passagem mais interessante da vida do Xavier. Aceite o meu braço, e vamos andando. Vai para a Praça? Vamos juntos. Um caso interessantíssimo. Foi ali por 1869 ou 70, não me recordo; ele mesmo é que me contou.

Tinha perdido tudo; trazia o cérebro gasto, chupado, estéril, sem a sombra de um conceito, de uma imagem, nada. Basta dizer que um dia chamou rosa a uma senhora, — "uma bonita rosa"; falava do luar saudoso, do sacerdócio da imprensa, dos jantaros opíparos, sem acrescentar ao menos um relevo qualquer a toda essa chaparia de algibebe. Começara a ficar hipocondríaco; e, um dia, estando à janela, triste, desabusado das cousas, vendo-se chegado a nada, aconteceu passar na rua um taful a cavalo. De repente, o cavalo corcoveou, e o taful veio quase ao chão; mas sustentou-se, e meteu as esporas e o chicote no animal; este empina-se, ele teima; muita gente parada na rua e nas portas; no fim de dez minutos de luta, o cavalo cedeu e continuou a marcha. Os espectadores não se fartaram de admirar o garbo, a coragem, o sangue-frio, a arte do cavaleiro. Então o Xavier, consigo, imaginou que talvez o cavaleiro não tivesse ânimo nenhum; não quis cair diante de gente, e isso lhe deu a força de domar o cavalo. E daí veio uma idéia: comparou a vida a um cavalo xucro ou manhoso; e acrescentou sentenciosamente: Quem não for cavaleiro, que o pareça. Realmente, não era uma idéia extraordinária; mas a penúria do Xavier tocara a tal extremo, que esse cristal pareceu-lhe um diamante. Ele repetiu-a dez ou doze vezes, formulou-a de vários modos, ora na ordem natural, pondo primeiro a definição, depois o complemento; ora dando-lhe a marcha inversa, trocando palavras, medindo-as, etc.; e tão alegre, tão alegre como casa de pobre em dia de peru. De noite, sonhou que efetivamente montava um cavalo manhoso, que este pinoteava com ele e o sacudia a um brejo. Acordou triste; a manhã, que era de domingo e chuvosa, ainda mais o entristeceu; meteu-se a ler e a cismar. Então lembrou-se... Conhece o caso do anel de Polícrates?

Z

Francamente, não.

A

Nem eu; mas aqui vai o que me disse o Xavier. Polícrates governava a ilha de Samos. Era o rei mais feliz da terra;

tão feliz, que começou a receiar alguma viravolta da Fortuna, e, para aplacá-la antecipadamente, determinou fazer um grande sacrifício: deitar ao mar o anel precioso que, segundo alguns, lhe servia de sinete. Assim fez; mas a Fortuna andava tão apostada em cumulá-lo de obséquios, que o anel foi engolido por um peixe, o peixe pescado e mandado para a cozinha do rei, que assim voltou à posse do anel. Não afirmo nada a respeito desta anedota; foi ele quem me contou, citando Plínio, citando...

Z

Não ponha mais na carta. O Xavier naturalmente comparou a vida, não a um cavalo, mas...

A

Nada disso. Não é capaz de adivinhar o plano estrambótico do pobre-diabo. Experimentemos a fortuna, disse ele; vejamos se a minha idéia, lançada ao mar, pode tornar ao meu poder, como o anel de Polícrates, no bucho de algum peixe, ou se o meu caiporismo será tal, que nunca mais lhe ponha a mão.

Z

Ora essa!

A

Não é estrambótico? Polícrates experimentara a felicidade; o Xavier quis tentar o caiporismo; intenções diversas, ação idêntica. Saiu de casa, encontrou um amigo, travou conversa, escolheu assunto, e acabou dizendo o que era a vida, um cavalo xucro ou manhoso, e quem não for cavaleiro que o pareça. Dita assim, esta frase era talvez fria; por isso o Xavier teve o cuidado de descrever primeiro a sua tristeza, o desconsolo dos anos, o malogro dos esforços, ou antes os efeitos da imprevidência, e quando o peixe ficou de boca aberta, digo, quando a comoção do amigo chegou ao cume, foi que ele lhe atirou o anel, e fugiu a meter-se em casa. Isto que lhe conto é natural, crê-se, não é impossível; mas agora começa a juntar-se à realidade uma alta dose de imaginação. Seja o que for, repito o que ele me disse. Cerca de três semanas depois, o Xavier jantava pacificamente no *Leão de Ouro* ou no *Globo*, não me lembro bem, e ouviu de outra mesa a mesma frase sua, talvez com a troca de um adjetivo. "Meu pobre anel, disse ele, eis-te enfim no peixe de Polícrates." Mas a idéia bateu as asas e voou, sem que ele pudesse guardá-la na memória. Resignou-se. Dias depois, foi convidado a um baile: era um antigo companheiro dos tempos de rapaz, que celebrava a sua recente distinção nobiliária. O Xavier aceitou o convite, e foi ao baile, e ainda bem que foi, porque entre o sorvete e o chá ouviu de um grupo de pessoas que louvavam a carreira do barão, a sua vida próspera, rígida, modelo, ouviu comparar o barão a um cavaleiro emérito. Pasmo dos ouvintes, porque o barão não montava a cavalo. Mas o panegirista explicou que a vida não é mais do que um cavalo xucro ou manhoso, sobre o qual ou se há de ser cavaleiro ou parecê-lo, e o barão era-o excelente. "— Entra, meu querido anel, disse o Xavier, entra no dedo de Polícrates." Mas de novo a idéia bateu as asas, sem querer ouvi-lo. Dias depois...

Z

Adivinho o resto: uma série de encontros e fugas do mesmo gênero.

A

Justo.

Z

Mas, enfim, apanhou-o um dia.

A

Um dia só, e foi então que me contou o caso digno de memória. Tão contente que ele estava nesse dia! Jurou-me que ia escrever, a propósito disto, um conto fantástico, à maneira de Edgard Poe, uma página fulgurante, pontuada de mistérios, — são as suas próprias expressões; — e pediu-me que o fosse ver no dia seguinte. Fui; o anel fugira-lhe outra vez. "Meu caro A, disse-me ele, com um sorriso fino e sarcástico; tens em mim o Polícrates do caiporismo; nomeio-te meu ministro honorário e gratuito." Daí em diante foi sempre a mesma coisa.[2] Quando ele supunha pôr a mão em cima da idéia, ela batia as asas, plás, plás, plás, e perdia-se no ar, como as figuras de um sonho. Outro peixe a engolia e trazia, e sempre o mesmo desenlace. Mas dos casos que ele me contou naquele dia, quero dizer-lhe três...

Z

Não posso; lá se vão os quinze minutos.

A

Conto-lhe só três. Um dia, o Xavier chegou a crer que podia enfim agarrar a fugitiva, e fincá-la perpetuamente no cérebro. Abriu um jornal de oposição, e leu estupefacto estas palavras: "O ministério parece ignorar que a política é, como a vida, um cavalo xucro ou manhoso, e, não podendo ser bom cavaleiro, porque nunca o foi, devia ao menos parecer que o é." — "Ah! enfim! exclamou o Xavier, cá estás engastado no bucho do peixe; já me não podes fugir." Mas, em vão! a idéia fugia-lhe, sem deixar outro vestígio mais do que uma confusa reminiscência. Sombrio, desesperado, começou a andar, a andar, até que a noite caiu; passando por um teatro, entrou; muita gente, muitas luzes, muita alegria; o coração aquietou-se-lhe. Cúmulo de benefícios; era uma comédia do Pires, uma comédia nova. Sentou-se ao pé do autor, aplaudiu a obra com entusiasmo, com sincero amor de artista e de irmão. No segundo ato, cena VIII, estremeceu. "D. Eugênia, diz o galã a uma senhora, o cavalo pode ser comparado à vida, que é também um cavalo xucro ou manhoso; quem não for bom cavaleiro, deve cuidar de parecer que o é." O autor, com o olhar tímido, espiava no rosto do Xavier o efeito daquela reflexão, enquanto o Xavier repe-

2 Uma das raríssimas ocorrências da variante *coisa* em M. de Assis, provavelmente por conta do tipógrafo.

tia a mesma súplica das outras vezes: — "Meu querido anel...".

Z

Et nunc et semper...[3] Venha o último encontro, que são horas.

A

O último foi o primeiro. Já lhe disse que o Xavier transmitira a idéia a um amigo. Uma semana depois da comédia cai o amigo doente, com tal gravidade que em quatro dias estava à morte. O Xavier corre a vê-lo; e o infeliz ainda o pôde conhecer, estender-lhe a mão fria e trêmula, crava-lhe um longo olhar baço da última hora, e, com a voz sumida, eco do sepulcro, soluçar-lhe: "Cá vou, meu caro Xavier, o cavalo xucro ou manhoso da vida deitou-me ao chão: se fui mau cavaleiro, não sei; mas forcejei por parecê-lo bom." Não se ria; ele contou-me isto com lágrimas. Contou-me também que a idéia ainda esvoaçou alguns minutos sobre o cadáver, faiscando as belas asas de cristal, que ele cria ser diamante; depois estalou um risinho de escárnio, ingrato e parricida, e fugiu como das outras vezes, metendo-se no cérebro de alguns sujeitos, amigos da casa, que ali estavam, transidos de dor, e recolheram com saudade esse pio legado do defunto. Adeus.

3 (Latim): "E agora e sempre..."

O EMPRÉSTIMO

Vou divulgar uma anedota, mas uma anedota no genuíno sentido do vocábulo, que o vulgo ampliou às historietas de pura invenção. Esta é verdadeira; podia citar algumas pessoas que a sabem tão bem como eu. Nem ela andou recôndita, senão por falta de um espírito repousado, que lhe achasse a filosofia. Como deveis saber, há em todas as cousas um sentido filosófico. Carlyle descobriu o dos coletes, ou, mais propriamente, o do vestuário; e ninguém ignora que os números, muito antes da loteria do Ipiranga, formavam o sistema de Pitágoras. Pela minha parte creio ter decifrado este caso de empréstimo; ides ver se me engano.

E, para começar, emendemos Sêneca. Cada dia, ao parecer daquele moralista, é, em si mesmo, uma vida singular; por outros termos, uma vida dentro da vida. Não digo que não; mas por que não acrescentou ele, que muitas vezes uma só hora é a representação de uma vida inteira? Vede este rapaz: entra no mundo com uma grande ambição, uma pasta de ministro, um Banco, uma coroa de visconde, um báculo pastoral. Aos cinqüenta anos, vamos achá-lo simples apontador de alfândega, ou sacristão da roça. Tudo isso que se passou em trinta anos, pode algum Balzac metê-lo em trezentas páginas; por que não há de a vida, que foi a mestra de Balzac, apertá-lo em trinta ou sessenta minutos?

Tinham batido quatro horas no cartório do tabelião Vaz Nunes, à Rua do Rosário. Os escreventes deram ainda as últimas penadas: depois limparam as penas de ganso na ponta de seda preta que pendia da gaveta ao lado; fecharam as gavetas, concertaram os papéis, arrumaram os autos e os livros, lavaram as mãos; alguns que mudavam de paletó à entrada, despiram o do trabalho e enfiaram o da rua; todos saíram. Vaz Nunes ficou só.

Este honesto tabelião era um dos homens mais perspicazes do século. Está morto: podemos elogiá-lo à vontade. Tinha um olhar de lanceta, cortante e agudo. Ele adivinhava o caráter das pessoas que o buscavam para escriturar os seus acordos e resoluções; conhecia a alma de um testador muito antes de acabar o testamento; farejava as manhas secretas e os pensamentos reservados. Usava óculos, como todos os tabeliães de teatro; mas, não sendo míope, olhava por cima deles, quando queria ver, e através deles, se pretendia não ser visto. Finório como ele só, diziam os escreventes. Em todo o caso, circunspecto. Tinha cinqüenta anos, era viúvo, sem filhos, e, para falar como alguns outros serventuários, roía muito caladinho os seus duzentos contos de réis.

— Quem é? perguntou ele de repente, olhando para a porta da rua.

Estava à porta, parado na soleira, um homem que ele não conheceu logo, e mal pôde reconhecer daí a pouco. Vaz Nunes pediu-lhe o favor de entrar; ele obedeceu, cumprimentou-o, estendeu-lhe a mão, e sentou-se na cadeira ao pé da mesa. Não trazia o acanho natural a um pedinte; ao contrário, parecia que não vinha ali senão para dar ao tabelião alguma cousa preciosíssima e rara. E, não obstante, Vaz Nunes estremeceu e esperou.

— Não se lembra de mim?

— Não me lembro...

— Estivemos juntos uma noite, há alguns meses, na Tijuca... Não se lembra? Em casa do Teodorico, aquela grande ceia de Natal; por sinal que lhe fiz uma saúde... Veja se se lembra do Custódio.

— Ah!

Custódio endireitou o busto, que até então inclinara um pouco. Era um homem de quarenta anos. Vestia pobremente, mas escovado, apertado, correto. Usava unhas longas, curadas com esmero, e tinha as mãos muito bem talhadas, macias, ao contrário da pele do rosto, que era agreste. Notícias mínimas, e aliás necessárias ao complemento de um certo ar duplo que distinguia este homem, um ar de pedinte e general. Na rua, andando, sem almoço e sem vintém, parecia levar após si um exército. A causa não era outra mais do que o contraste entre a natureza e a situação, entre a alma e a vida. Esse Custódio nascera com a vocação da riqueza, sem a vocação do trabalho. Tinha o instinto das elegâncias, o amor do supérfluo, da boa chira, das belas damas, dos tapetes finos, dos móveis raros, um voluptuoso, e, até certo ponto, um artista, capaz de reger a vila Torloni ou a galeria Hamilton. Mas não tinha dinheiro; nem dinheiro, nem aptidão ou pachorra de o ganhar; por outro lado, precisava viver. *Il faut bien que je vive*, dizia um pretendente ao ministro Talleyrand. *Je n'en vois pas la nécessité*,[1] redargüiu friamente o ministro. Ninguém dava essa resposta ao Custódio; davam-lhe dinheiro, um dez, outro cinco, outro vinte mil-réis, e de tais espórtulas é que ele principalmente tirava o albergue e a comida.

Digo que principalmente vivia delas, porque o Custódio não recusava meter-se em alguns negócios, com a condição de os escolher, e escolhia sempre os que não prestavam para nada. Tinha o faro das catástrofes. Entre vinte empresas, adivinhava logo a insensata, e metia ombros a ela, com resolução. O caiporismo, que o perseguia, fazia com que as dezenove prosperassem, e a vigésima lhe estourasse nas mãos. Não importa; aparelhava-se para outra.

Agora, por exemplo, leu um anúncio de alguém que pedia um sócio, com cinco contos de réis, para entrar em certo negócio, que prometia dar, nos primeiros seis meses, oitenta a cem contos de lucro. Custódio foi ter com o anunciante. Era uma grande idéia, uma fábrica de agulhas, indústria nova, de imenso futuro. E os planos, os desenhos da fábrica, os relatórios de Birmingham, os mapas de importação, as respostas dos alfaiates, dos donos de armarinho, etc., todos os documentos de um longo inquérito passavam diante dos olhos de Custódio, estrelados de algarismos, que ele não entendia, e que por isso mesmo lhe pareciam dogmáticos. Vinte e quatro horas;

1 (Francês): "É bem necessário que eu viva"; "Não vejo a necessidade disso."

não pedia mais de vinte e quatro horas para trazer os cinco contos. E saiu dali, cortejado, amimado pelo anunciante, que. ainda à porta, o afogou numa torrente de saldos. Mas os cinco contos, menos dóceis ou menos vagabundos que os cinco mil-réis, sacudiam incredulamente a cabeça, e deixavam-se estar nas arcas, tolhidos de medo e de sono. Nada. Oito ou dez amigos, a quem falou, disseram-lhe que nem dispunham agora da soma pedida, nem acreditavam na fábrica. Tinha perdido as esperanças, quando aconteceu subir a Rua do Rosário e ler no portal de um cartório o nome de Vaz Nunes. Estremeceu de alegria; recordou a Tijuca, as maneiras do tabelião, as frases com que ele lhe respondeu ao brinde, e disse consigo, que este era o salvador da situação.

— Venho pedir-lhe uma escritura...

Vaz Nunes, armado para outro começo, não respondeu: espiou por cima dos óculos e esperou.

— Uma escritura de gratidão, explicou o Custódio; venho pedir-lhe um grande favor, um favor indispensável, e conto que o meu amigo...

— Se estiver nas minhas mãos...

— O negócio é excelente, note-se bem; um negócio magnífico. Nem eu me metia a incomodar os outros sem certeza do resultado. A cousa está pronta; foram já encomendas para a Inglaterra; e é provável que dentro de dois meses esteja tudo montado, é uma indústria nova. Somos três sócios; a minha parte são cinco contos. Venho pedir-lhe esta quantia, a seis meses, — ou a três, com juro módico...

— Cinco contos?

— Sim, senhor.

— Mas, Sr. Custódio, não posso, não disponho de tão grande quantia. Os negócios andam mal; e ainda que andassem muito bem, não poderia dispor de tanto. Quem é que pode esperar cinco contos de um modesto tabelião de notas?

— Ora, se o senhor quisesse...

— Quero, decerto; digo-lhe que se se tratasse de uma quantia pequena, acomodada aos meus recursos, não teria dúvida em adiantá-la. Mas cinco contos! Creia que é impossível.

A alma do Custódio caiu de bruços. Subira pela escada de Jacó até o céu; mas em vez de descer como os anjos no sonho bíblico, rolou abaixo e caiu de bruços. Era a última esperança; e justamente por ter sido inesperada, é que ele supôs que fosse certa, pois, como todos os corações que se entregam ao regímen do eventual, o do Custódio era supersticioso. O pobre-diabo sentiu enterrarem-se-lhe no corpo os milhões de agulhas que a fábrica teria de produzir no primeiro semestre. Calado, com os olhos no chão, esperou que o tabelião continuasse, que se compadecesse, que lhe desse alguma aberta; mas o tabelião, que lia isso mesmo na alma do Custódio, estava também calado, girando entre os dedos a boceta de rapé, respirando grosso, com um certo chiado nasal e implicante. Custódio ensaiou todas as atitudes; ora pedinte, ora general. O tabelião não se mexia. Custódio ergueu-se.

— Bem, disse ele, com uma pontazinha de despeito, há de perdoar o incômodo...

— Não há que perdoar; eu é que lhe peço desculpa de não poder servi-lo, como desejava. Repito: se fosse alguma quantia menos avultada, muito menos, não teria dúvida; mas...

Estendeu a mão ao Custódio, que com a esquerda pegara maquinalmente no chapéu. O olhar empanado do Custódio exprimia a absorção da alma dele, apenas convalescida da queda, que lhe tirara as últimas energias. Nenhuma escada misteriosa, nenhum céu; tudo voara a um piparote do tabelião. Adeus, agulhas! A realidade veio tomá-lo outra vez com as suas unhas de bronze. Tinha de voltar ao precário, ao adventício, às velhas contas, com os grandes zeros arregalados e os cifrões retorcidos à laia de orelhas, que continuariam a fitá-lo e a ouvi-lo, a ouvi-lo e a fitá-lo, alongando para ele os algarismos implacáveis de fome. Que queda! e que abismo! Desenganado, olhou para o tabelião com um gesto de despedida; mas, uma idéia súbita clareou-lhe a noute do cérebro. Se a quantia fosse menor, Vaz Nunes poderia servi-lo, e com prazer; por que não seria uma quantia menor? Já agora abria mão da empresa; mas não podia fazer o mesmo a uns aluguéis atrasados, a dous ou três credores, etc., e uma soma razoável, quinhentos mil-réis, por exemplo, uma vez que o tabelião tinha a boa vontade de emprestar-lhos, vinham a ponto. A alma do Custódio empertigou-se; vivia do presente, nada queria saber do passado, nem saudades, nem temores, nem remorsos. O presente era tudo. O presente eram os quinhentos mil-réis, que ele ia ver surdir da algibeira do tabelião, como um alvará de liberdade.

— Pois bem, disse ele, veja o que me pode dar, e eu irei ter com outros amigos... Quanto?

— Não posso dizer nada a este respeito, porque realmente só uma cousa muito modesta.

— Quinhentos mil-réis?

— Não; não posso.

— Nem quinhentos mil-réis?

— Nem isso, replicou firme o tabelião. De que se admira? Não lhe nego que tenho algumas propriedades; mas, meu amigo, não ando com elas no bolso; e tenho certas obrigações particulares... Diga-me, não está empregado?

— Não, senhor.

— Olhe; dou-lhe cousa melhor do que quinhentos mil-réis; falarei ao ministro da justiça, tenho relações com ele, e...

Custódio interrompeu-o, batendo uma palmada no joelho. Se foi um movimento natural, ou uma diversão astuciosa para não conversar do emprego, é o que totalmente ignoro; nem parece que seja essencial ao caso. O essencial é que ele teimou na súplica. Não podia dar quinhentos mil-réis? Aceitava duzentos; bastavam-lhe duzentos, não para a empresa, pois adotava o conselho dos amigos: ia recusá-la. Os duzentos mil-réis, visto que o tabelião estava disposto a ajudá-lo, eram para uma necessidade urgente, — "tapar um buraco". E então relatou tudo, respondeu à franqueza com franqueza: era a regra da sua vida. Confessou que, ao tratar da grande empresa, tivera em mente acudir também a um credor pertinaz, um diabo, um judeu, que rigorosamente ainda lhe devia, mas tivera a aleivosia de trocar de posição. Eram duzentos e poucos mil-réis; e dez, parece; mas aceitava duzentos...

— Realmente, custa-me repetir-lhe o que disse; mas, enfim, nem os duzentos mil-réis posso dar. Cem mesmo, se o senhor os pedisse, estão acima das minhas forças nesta ocasião. Noutra pode ser, e não tenho dúvida, mas agora...

— Não imagina os apuros em que estou!

— Nem cem, repito. Tenho tido muitas dificuldades nestes últimos tempos. Sociedades, subscrições, maçonaria...

Custa-lhe crer, não é? Naturalmente: um proprietário. Mas, meu amigo, é muito bom ter casas: o senhor é que não conta os estragos, os consertos, as penas d'água, as décimas, o seguro, os calotes, etc. São os buracos do pote, por onde vai a maior parte da água...

— Tivesse eu um pote! suspirou Custódio.

— Não digo que não. O que digo é que não basta ter casas para não ter cuidados, despesas, e até credores... Creia o senhor que também eu tenho credores.

— Nem cem mil-réis!

— Nem cem mil-réis, pesa-me dizê-lo, mas é a verdade. Nem cem mil-réis. Que horas são?

Levantou-se, e veio ao meio da sala. Custódio veio também, arrastado, desesperado. Não podia acabar de crer que o tabelião não tivesse ao menos cem mil-réis. Quem é que não tem cem mil-réis consigo? Cogitou uma cena patética, mas o cartório abria para a rua; seria ridículo. Olhou para fora. Na loja fronteira, um sujeito apreçava uma sobrecasaca, à porta, porque entardecia depressa, e o interior era escuro. O caixeiro segurava a obra no ar; o freguês examinava o pano com a vista e com os dedos, depois as costuras, o forro... Este incidente rasgou-lhe um horizonte novo, embora modesto; era tempo de aposentar o paletó que trazia. Mas nem cinqüenta mil-réis podia dar-lhe o tabelião. Custódio sorriu; — não de desdém, não de raiva, mas de amargura e dúvida; era impossível que ele não tivesse cinqüenta mil-réis. Vinte, ao menos? Nem vinte. Nem vinte! Não; falso tudo; tudo mentira.

Custódio tirou o lenço, alisou o chapéu devagarinho; depois guardou o lenço, concertou a gravata, com um ar misto de esperança e despeito. Viera cerceando as asas à ambição, pluma a pluma; restava ainda uma penugem curta e fina, que lhe metia umas veleidades de voar. Mas o outro, nada. Vaz Nunes cotejava o relógio da parede com o do bolso, chegava este ao ouvido, limpava o mostrador, calado, transpirando por todos os poros impaciência e fastio. Estavam a pingar as cinco; deram, enfim, e o tabelião, que as esperava, desengatilhou a despedida. Era tarde; morava longe. Dizendo isto, despiu o paletó de alpaca, e vestiu o de casimira, mudou de um para outro a boceta de rapé, o lenço, a carteira... Oh! a carteira!

Custódio viu esse utensílio problemático, apalpou-o com os olhos, invejou a alpaca, invejou a casimira, quis ser algibeira, quis ser o couro, a matéria mesma do precioso receptáculo. Lá vai ela; mergulhou de todo no bolso do peito esquerdo; o tabelião abotoou-se. Nem vinte mil-réis! Era impossível que não levasse ali vinte mil-réis, pensava ele; não diria duzentos, mas vinte, dez que fossem...

— Pronto! disse-lhe Vaz Nunes, com o chapéu na cabeça.

Era o fatal instante. Nenhuma palavra do tabelião, um convite ao menos, para jantar; nada; findara tudo. Mas os momentos supremos pedem energias supremas. Custódio sentiu toda a força deste lugar-comum, e, súbito, como um tiro, perguntou ao tabelião se não lhe podia dar ao menos dez mil-réis.

— Quer ver?

E o tabelião desabotoou o paletó, tirou a carteira, abriu-a, e mostrou-lhe duas notas de cinco mil-réis.

— Não tenho mais, disse ele; o que posso fazer é reparti-los com o senhor; dou-lhe uma de cinco, e fico com a outra; serve-lhe?

Custódio aceitou os cinco mil-réis, não triste, ou de má cara, mas risonho, palpitante, como se viesse de conquistar a Ásia Menor. Era o jantar certo. Estendeu a mão ao outro, agradeceu-lhe o obséquio, despediu-se até breve, — um *até breve* cheio de afirmações implícitas. Depois saiu; o pedinte esvaiu-se à porta do cartório; o general é que foi por ali abaixo, pisando rijo, encarando fraternalmente os ingleses do comércio que subiam a rua para se transportarem aos arrabaldes. Nunca o céu lhe pareceu tão azul, nem a tarde tão límpida; todos os homens traziam na retina a alma da hospitalidade. Com a mão esquerda no bolso das calças, ele apertava amorosamente os cinco mil-réis, resíduo de uma grande ambição, que ainda há pouco saíra contra o sol, num ímpeto de águia, e ora batia modestamente as asas de frango rasteiro.

A SERENÍSSIMA REPÚBLICA

(CONFERÊNCIA DO CÔNEGO VARGAS)

Meus senhores,

Antes de comunicar-vos uma descoberta, que reputo de algum lustre para o nosso país, deixai que vos agradeça a prontidão com que acudistes ao meu chamado. Sei que um interesse superior vos trouxe aqui; mas não ignoro também, — e fora ingratidão ignorá-lo, — que um pouco de simpatia pessoal se mistura à vossa legítima curiosidade científica. Oxalá possa eu corresponder a ambas.

Minha descoberta não é recente; data do fim do ano de 1876. Não a divulguei então, — e, a não ser o *Globo*, interessante diário desta capital, não a divulgaria ainda agora, — por uma razão que achará fácil entrada no vosso espírito. Esta obra de que venho falar-vos, carece de retoques últimos, de verificações e experiências complementares. Mas o *Globo* noticiou que um sábio inglês descobriu a linguagem fônica dos insetos, e cita o estudo feito com as moscas. Escrevi logo para a Europa e aguardo as respostas com ansiedade. Sendo certo, porém, que pela navegação aérea, invento do padre Bartolomeu, é glorificado o nome estrangeiro, enquanto o do nosso patrício mal se pode dizer lembrado dos seus naturais, determinei evitar a sorte do insigne Voador, vindo a esta tribuna, proclamar alto e bom som, à face do universo, que muito antes daquele sábio, e fora das ilhas britânicas, um modesto naturalista descobriu cousa idêntica, e fez com ela obra superior.

Senhores, vou assombrar-vos, como teria assombrado a Aristóteles, se lhe perguntasse: Credes que se possa dar um regime social às aranhas? Aristóteles responderia negativamente, com vós todos, porque é impossível crer que jamais se chegasse a organizar socialmente esse articulado arisco, solitário, apenas disposto ao trabalho, e dificilmente ao amor. Pois bem, esse impossível fi-lo eu.

Ouço um riso, no meio do sussurro de curiosidade. Senhores, cumpre vencer os preconceitos. A aranha parece-vos inferior, justamente porque não a conheceis. Amais o cão, prezais o gato e a galinha, e não advertis que a aranha não pula nem ladra como o cão, não mia como o gato, não cacareja como a galinha, não zune nem morde como o mosquito, não nos leva o sangue e o sono como a pulga. Todos esses bichos são o modelo acabado da vadiação e do parasitismo. A mesma formiga, tão gabada por certas qualidades boas, dá no nosso açúcar e nas nossas plantações, e funda a sua propriedade roubando a alheia. A aranha, senhores, não nos aflige nem defrauda; apanha as moscas, nossas inimigas, fia, tece, trabalha e morre. Que melhor exemplo de paciência, de ordem, de previsão, de respeito e de humanidade? Quanto aos seus talentos, não há duas opiniões. Desde Plínio até Darwin, os naturalistas do mundo inteiro formam um só coro de admiração em torno desse bichinho, cuja maravilhosa teia a vassoura inconsciente do vosso criado destrói em menos de um minuto. Eu repetiria agora esses juízos, se me sobrasse tempo; a matéria, porém, excede o prazo, sou constrangido a abreviá-la. Tenho-os aqui, não todos, mas quase todos; tenho, entre eles, esta excelente monografia de Büchner, que com tanta subtileza estudou a vida psíquica dos animais. Citando Darwin e Büchner, é claro que me restrinjo à homenagem cabida a dois sábios de primeira ordem, sem de nenhum modo absolver (e as minhas vestes o proclamam) as teorias gratuitas e errôneas do materialismo.

Sim, senhores, descobri uma espécie araneida que dispõe do uso da fala; coligi alguns, depois muitos dos novos articulados, e organizei-os socialmente. O primeiro exemplar dessa aranha maravilhosa apareceu-me no dia 15 de dezembro de 1876. Era tão vasta, tão colorida, dorso rubro, com listras azuis, transversais, tão rápida nos movimentos, e às vezes tão alegre, que de todo me cativou a atenção. No dia seguinte vieram mais três, e as quatro tomaram posse de um recanto de minha chácara. Estudei-as longamente; achei-as admiráveis. Nada, porém, se pode comparar ao pasmo que me causou a descoberta do idioma araneida, uma língua, senhores, nada menos que uma língua rica e variada, com a sua estrutura sintáxica, os seus verbos, conjugações, declinações, casos latinos e formas onomatopaicas, uma língua que estou gramaticando para uso das academias, como o fiz sumariamente para meu próprio uso. E fi-lo, notai bem, vencendo dificuldades aspérrimas com uma paciência extraordinária. Vinte vezes desanimei; mas o amor da ciência dava-me forças para arremeter a um trabalho que, hoje declaro, não chegaria a ser feito duas vezes na vida do mesmo homem.

Guardo para outro recinto a descrição técnica do meu arácnide, e a análise da língua. O objeto desta conferência é, como disse, ressalvar os direitos da ciência brasileira, por meio de um protesto em tempo; e, isto feito, dizer-vos a parte em que reputo a minha obra superior à do sábio de Inglaterra. Devo demonstrá-lo, e para este ponto chamo a vossa atenção.

Dentro de um mês tinha comigo vinte aranhas; no mês seguinte cinqüenta e cinco; em março de 1877 contava quatrocentas e noventa. Duas forças serviram principalmente à empresa de as congregar: — o emprego da língua delas, desde que pude discerni-la um pouco, e o sentimento de terror que lhes infundi. A minha estatura, as vestes talares, o uso do mesmo idioma, fizeram-lhes crer que era eu o deus das aranhas, e desde então adoraram-me. E vede o benefício desta ilusão. Como as acompanhasse com muita atenção e miudeza, lançando em um livro as observações que fazia, cuidaram que o livro era o registro dos seus pecados, e fortaleceram-se ainda mais na prática das virtudes. A flauta também foi um grande auxiliar. Como sabeis, ou deveis saber, elas são doudas por música.

Não bastava associá-las; era preciso dar-lhes um governo idôneo. Hesitei na escolha; muitos dos atuais pareciam-me bons, alguns excelentes, mas todos tinham contra si o existirem. Explico-me. Uma forma vigente de governo ficava exposta a comparações que poderiam amesquinhá-la. Era-me preciso, ou achar uma forma nova, ou restaurar alguma outra abandonada. Naturalmente adotei o segundo alvitre, e nada me pareceu mais acertado do que uma república, à maneira de Veneza, o mesmo molde, e até o mesmo epíteto. Obsoleto, sem nenhuma analogia, em suas feições gerais, com qualquer outro governo vivo, cabia-lhe ainda a vantagem de um mecanismo complicado, — o que era meter à prova as aptidões políticas da jovem sociedade.

Outro motivo determinou a minha escolha. Entre os diferentes modos eleitorais da antiga Veneza, figurava o do saco e bolas, iniciação dos filhos da nobreza no serviço do Estado. Metiam-se as bolas com os nomes dos candidatos no saco, e extraía-se anualmente um certo número, ficando os eleitos desde logo aptos para as carreiras públicas. Este sistema fará rir aos doutores do sufrágio; a mim não. Ele exclui os desvarios da paixão, os desazos da inépcia, o congresso da corrupção e da cobiça. Mas não foi só por isso que o aceitei; tratando-se de um povo tão exímio na fiação de suas teias, o uso do saco eleitoral era de fácil adaptação, quase uma planta indígena.

A proposta foi aceita. Sereníssima República pareceu-lhes um título magnífico, roçagante, expansivo, próprio a engrandecer a obra popular.

Não direi, senhores, que a obra chegou à perfeição, nem que lá chegue tão cedo. Os meus pupilos não são os solários de Campanela ou os utopistas de Morus; formam um povo recente, que não pode trepar de um salto ao cume das nações seculares. Nem o tempo é operário que ceda a outro a lima ou o alvião; ele fará mais e melhor do que as teorias do papel, válidas no papel e mancas na prática. O que posso afirmar-vos é que, não obstante as incertezas da idade, eles caminham, dispondo de algumas virtudes, que presumo essenciais à duração de um Estado. Uma delas, como já disse, é a perseverança, uma longa paciência de Penélope, segundo vou mostrar-vos.

Com efeito, desde que compreenderam que no ato eleitoral estava a base da vida pública, trataram de o exercer com a maior atenção. O fabrico do saco foi uma obra nacional. Era um saco de cinco polegadas de altura e três de largura, tecido com os melhores fios, obra sólida e espessa. Para compô-lo foram aclamadas dez damas principais, que receberam o título de mães da república, além de outros privilégios e foros. Uma obra-prima, podeis crê-lo. O processo eleitoral é simples. As bolas recebem os nomes dos candidatos, que provarem certas condições, e são escritas por um oficial público, denominado "das inscrições". No dia da eleição, as bolas são metidas no saco e tiradas pelo oficial das extrações, até perfazer o número dos elegendos. Isto que era um simples processo inicial na antiga Veneza, serve aqui ao provimento de todos os cargos.

A eleição fez-se a princípio com muita regularidade; mas, logo depois, um dos legisladores declarou que ela fora viciada, por terem entrado no saco duas bolas com o nome do mesmo candidato. A assembléia verificou a exatidão da denúncia, e decretou que o saco, até ali de três polegadas de largura, tivesse agora duas; limitando-se a capacidade do saco, restringia-se o espaço à fraude, era o mesmo que suprimi-la. Aconteceu, porém, que na eleição seguinte, um candidato deixou de ser inscrito na competente bola, não se sabe se por descuido ou intenção do oficial público. Este declarou que não se lembrava de ter visto o ilustre candidato, mas acrescentou nobremente que não era impossível que ele lhe tivesse dado o nome; neste caso não houve exclusão, mas distração. A assembléia, diante de um fenômeno psicológico inelutável, como é a distração, não pôde castigar o oficial; mas, considerando que a estreiteza do saco podia dar lugar a exclusões odiosas, revogou a lei anterior e restaurou as três polegadas.

Nesse ínterim, senhores, faleceu o primeiro magistrado, e três cidadãos apresentaram-se candidatos ao posto, mas só dous importantes, Hazeroth e Magog, os próprios chefes do partido retilíneo e do partido curvilíneo. Devo explicar-vos estas denominações. Como eles são principalmente geômetras, é a geometria que os divide em política. Uns entendem que a aranha deve fazer as teias com fios retos, é o partido retilíneo; — outros pensam, ao contrário, que as teias devem ser trabalhadas com fios curvos, — é o partido curvilíneo. Há ainda um terceiro partido, misto e central, com este postulado: — as teias devem ser urdidas de fios retos e fios curvos; é o partido reto-curvilíneo; e finalmente, uma quarta divisão poltica, o partido anti-reto-curvilíneo, que fez tábua rasa de todos os princípios litigantes, e propõe o uso de umas teias urdidas de ar, obra transparente e leve, em que não há linhas de espécie alguma. Como a geometria apenas poderia dividi-los, sem chegar a apaixoná-los, adotaram uma simbólica. Para uns, a linha reta exprime os bons sentimentos, a justiça, a probidade, a inteireza, a constância, etc., ao passo que os sentimentos ruins ou inferiores, como a bajulação, a fraude, a deslealdade, a perfídia, são perfeitamente curvos. Os adversários respondem que não, que a linha curva é a da virtude e do saber, porque é a expressão da modéstia e da humildade; ao contrário, a ignorância, a presunção, a toleima, a parlapatice, são retas, duramente retas. O terceiro partido, menos anguloso, menos exclusivista, desbastou a exageração de uns e outros, combinou os contrastes, e proclamou a simultaneidade das linhas como a exata cópia do mundo físico e moral. O quarto limita-se a negar tudo.

Nem Hazeroth nem Magog foram eleitos. As suas bolas saíram do saco, é verdade, mas foram inutilizadas, a do primeiro por faltar a primeira letra do nome, a do segundo por lhe faltar a última. O nome restante e triunfante era o de um argentário ambicioso, político obscuro, que subiu logo à poltrona ducal, com espanto geral da república. Mas os vencidos não se contentaram de dormir sobre os louros do vencedor; requereram uma devassa. A devassa mostrou que o oficial das inscrições intencionalmente viciara a ortografia de seus nomes. O oficial confessou o defeito e a intenção; mas explicou-os dizendo que se tratava de uma simples elipse; delito, se o era, puramente literário. Não sendo possível perseguir ninguém por defeitos de ortografia ou figuras de retórica, pareceu acertado rever a lei. Nesse mesmo dia ficou decretado que o saco seria feito de um tecido de malhas, através das quais as bolas pudessem ser lidas pelo público, e, *ipso facto,* pelos mesmos candidatos, que assim teriam tempo de corrigir as inscrições.

Infelizmente, senhores, o comentário da lei é a eterna malícia. A mesma porta aberta à lealdade serviu à astúcia de um certo Nabiga, que se conchavou com o oficial das extrações, para haver um lugar na assembléia. A vaga era uma, os candidatos três; o oficial extraiu as bolas com os olhos no cúmplice, que só deixou de abanar negativamente a cabeça, quando a bola pegada foi a sua. Não era preciso mais para condenar a idéia das malhas. A assembléia, com exemplar paciência, restaurou o tecido espesso do regímen anterior; mas, para evitar outras elipses, decretou a validação das bolas cuja inscrição estivesse incorreta, uma vez que cinco pessoas jurassem ser o nome inscrito o próprio nome do candidato.

Este novo estatuto deu lugar a um caso novo e imprevisto, como ides ver. Tratou-se de eleger um coletor de espórtulas, funcionário encarregado de cobrar as rendas públicas, sob a forma de espórtulas voluntárias. Eram candidatos, entre outros, um certo Caneca e um certo Nebraska. A bola extraída foi a de Nebraska. Estava errada, é certo, por lhe faltar a última letra; mas, cinco testemunhas juraram, nos termos da lei, que o eleito era o próprio e único Nebraska da república. Tudo parecia findo, quando o candidato Caneca requereu provar que a bola extraída não trazia o nome de Nebraska, mas o dele. O juiz de paz deferiu ao peticionário. Veio então um grande filólogo, — talvez o primeiro da república, além de bom metafísico, e não vulgar matemático, — o qual provou a cousa nestes termos:

— Em primeiro lugar, disse ele, deveis notar que não é fortuita a ausência da última letra do nome Nebraska. Por que motivo foi ele inscrito incompletamente? Não se pode dizer que por fadiga ou amor da brevidade, pois só falta a última letra, um simples *a*. Carência de espaço? Também não; vede: há ainda espaço para duas ou três sílabas. Logo, a falta é intencional, e a intenção não pode ser outra, senão chamar a atenção do leitor para a letra *k*, última escrita, desamparada, solteira, sem sentido. Ora, por um efeito mental, que nenhuma lei destruiu, a letra reproduz-se no cérebro de dois modos, a forma gráfica e a forma sônica: *k* e *ca*. O defeito, pois, no nome escrito, chamando os olhos para a letra final, incrusta desde logo no cérebro esta primeira sílaba: *Ca*. Isto posto, o movimento natural do espírito é ler o nome todo; volta-se ao princípio, à inicial *ne*, do nome *Nebrask*. — *Cané*. — Resta a sílaba do meio, *bras*, cuja redução a esta outra sílaba *ca*, última do nome Caneca, é a cousa mais demonstrável do mundo. E, todavia, não a demonstrarei, visto faltar-vos o preparo necessário ao entendimento da significação espiritual ou filosófica da sílaba, suas origens e efeitos, fases, modificações, conseqüências lógicas e sintáxicas, dedutivas ou indutivas, simbólicas e outras. Mas, suposta a demonstração, aí fica a última prova, evidente, clara, da minha afirmação primeira pela anexação da sílaba *ca* às duas *Cane*, dando este nome Caneca.

A lei emendou-se, senhores, ficando abolida a faculdade da prova testemunhal e interpretativa dos textos, e introduzindo-se uma inovação, o corte simultâneo de meia polegada na altura e outra meia na largura do saco. Esta emenda não evitou um pequeno abuso na eleição dos alcaides, e o saco foi restituído às dimensões primitivas, dando-se-lhe, todavia, a forma triangular. Compreendeis que esta forma trazia consigo uma conseqüência: ficavam muitas bolas no fundo. Daí a mudança para a forma cilíndrica; mais tarde deu-se-lhe o aspecto de uma ampulheta, cujo inconveniente se reconheceu ser igual ao triângulo, e então adotou-se a forma de um crescente, etc. Muitos abusos, descuidos e lacunas tendem a desaparecer, e o restante terá igual destino, não inteiramente, decerto, pois a perfeição não é deste mundo, mas na medida e nos termos do conselho de um dos mais circunspectos cidadãos da minha república, Erasmus, cujo último discurso sinto não poder dar-vos integralmente. Encarregado de notificar a última resolução legislativa às dez damas, incumbidas de urdir o saco eleitoral, Erasmus contou-lhes a fábula de Penélope, que fazia e desfazia a famosa teia, à espera do esposo Ulisses.

— Vós sois a Penélope da nossa república, disse ele ao terminar; tendes a mesma castidade, paciência e talentos. Refazei o saco, amigas minhas, refazei o saco, até que Ulisses, cansado de dar às pernas, venha tomar entre nós o lugar que lhe cabe. Ulisses é a Sapiência.

O ESPELHO

ESBOÇO DE UMA NOVA TEORIA DA ALMA HUMANA

Quatro ou cinco cavalheiros debatiam, uma noite, várias questões de alta transcendência, sem que a disparidade dos votos trouxesse a menor alteração aos espíritos. A casa ficava no morro de Santa Teresa, a sala era pequena, alumiada a velas, cuja luz fundia-se misteriosamente com o luar que vinha de fora. Entre a cidade, com as suas agitações e aventuras, e o céu, em que as estrelas pestanejavam, através de uma atmosfera límpida e sossegada, estavam os nossos quatro ou cinco investigadores de cousas metafísicas, resolvendo amigavelmente os mais árduos problemas do universo.

Por que quatro ou cinco? Rigorosamente eram quatro os que falavam; mas, além deles, havia na sala um quinto personagem, calado, pensando, cochilando, cuja espórtula no debate não passava de um ou outro resmungo de aprovação. Esse homem tinha a mesma idade dos companheiros, entre quarenta e cinqüenta anos, era provinciano, capitalista, inteligente, não sem instrução, e, ao que parece, astuto e cáustico. Não discutia nunca; e defendia-se da abstenção com um paradoxo, dizendo que a discussão era a forma polida do instinto batalhador, que jaz no homem, como uma herança bestial; e acrescentava que os serafins e os querubins não controvertiam nada, e, aliás, eram a perfeição espiritual e eterna. Como desse esta mesma resposta naquela noite, contestou-lha um dos presentes, e desafiou-o a demonstrar o que dizia, se era capaz. Jacobina (assim se chamava ele) refletiu um instante, e respondeu:

— Pensando bem, talvez o senhor tenha razão.

Vai senão quando, no meio da noite, sucedeu que este casmurro usou da palavra, e não dous ou três minutos, mas trinta ou quarenta. A conversa, em seus meandros, veio a cair na natureza da alma, ponto que dividiu radicalmente os quatro amigos. Cada cabeça, cada sentença; não só o acordo, mas a mesma discussão, tornou-se difícil, senão impossível, pela multiplicidade de questões que se deduziram do tronco principal, e um pouco, talvez, pela inconsistência dos pareceres. Um dos argumentadores pediu ao Jacobina alguma opinião, — uma conjectura, ao menos.

— Nem conjectura, nem opinião, redargüiu ele: uma ou outra pode dar lugar a dissentimento, e, como sabem, eu não discuto. Mas, se querem ouvir-me calados, posso contar-lhes um caso de minha vida, em que ressalta a mais clara demonstração acerca da matéria de que se trata. Em primeiro lugar, não há uma só alma, há duas...

— Duas?

— Nada menos de duas almas. Cada criatura humana traz duas almas consigo: uma que olha de dentro para fora, outra que olha de fora para dentro... Espantem-se à vontade; podem ficar de boca aberta, dar de ombros, tudo; não admito réplica. Se me replicarem, acabo o charuto e vou dormir. A alma exterior pode ser um espírito, um fluido, um homem, muitos homens, um objeto, uma operação. Há casos, por exemplo, em que um simples botão de camisa é a alma exterior de uma pessoa; — e assim também a polca, o voltarete, um livro, uma máquina, um par de botas, uma cavatina, um tambor, etc. Está claro que o ofício dessa segunda alma é transmitir a vida, como a primeira; as duas completam o homem, que é, metafisicamente falando, uma laranja. Quem perde uma das metades, perde naturalmente metade da existência; e casos há, não raros, em que a perda da alma exterior implica a da existência inteira. Shylock,[1] por exemplo. A alma exterior da-

[1] Personagem da comédia de Shakespeare *O Mercador de Veneza*, encarna o usuário avaro e mau.

quele judeu eram os seus ducados; perdê-los equivalia a morrer. "Nunca mais verei o meu ouro, diz ele a Tubal; *é um punhal que me enterras no coração*". Vejam bem esta frase: a perda dos ducados, alma exterior, era a morte para ele. Agora, é preciso saber que a alma exterior não é sempre a mesma...

— Não?

— Não, senhor; muda de natureza e de estado. Não aludo a certas almas absorventes, como a pátria, com a qual disse o Camões que morria, e o poder, que foi a alma exterior de César e de Cromwell. São almas enérgicas e exclusivas; mas há outras, embora enérgicas, de natureza mudável. Há cavalheiros, por exemplo, cuja alma exterior, nos primeiros anos, foi um chocalho ou um cavalinho de pau, e mais tarde uma provedoria de irmandade, suponhamos. Pela minha parte, conheço uma senhora, — na verdade, gentilíssima, — que muda de alma exterior cinco, seis vezes por ano. Durante a estação lírica é a ópera; cessando a estação, a alma exterior substitui-se por outra: um concerto, um baile do Cassino, a Rua do Ouvidor, Petrópolis...

— Perdão; essa senhora quem é?

— Essa senhora é parenta do diabo, e tem o mesmo nome: chama-se Legião... E assim outros muitos casos. Eu mesmo tenho experimentado dessas trocas. Não as relato, porque iria longe; restrinjo-me ao episódio de que lhes falei. Um episódio dos meus vinte e cinco anos...

Os quatro companheiros, ansiosos de ouvir o caso prometido, esqueceram a controvérsia. Santa curiosidade! tu não és só a ama da civilização, és também o pomo da concórdia, fruta divina, de outro sabor que não aquele pomo da mitologia. A sala, até há pouco ruidosa de física e metafísica, é agora um mar morto; todos os olhos estão no Jacobina, que concerta a ponta do charuto, recolhendo as memórias. Eis aqui como ele começou a narração:

— Tinha vinte e cinco anos, era pobre, e acabava de ser nomeado alferes da guarda nacional. Não imaginam o acontecimento que isto foi em nossa casa. Minha mãe ficou tão orgulhosa! tão contente! Chamava-me o seu alferes. Primos e tios, foi tudo uma alegria sincera e pura. Na vila, note-se bem, houve alguns despeitados; choro e ranger de dentes, como na Escritura; e o motivo não foi outro senão que o posto tinha muitos candidatos e que estes perderam. Suponho também que uma parte do desgosto foi inteiramente gratuita: nasceu da simples distinção. Lembra-me de alguns rapazes, que se davam comigo, e passaram a olhar-me de revés, durante algum tempo. Em compensação, tive muitas pessoas que ficaram satisfeitas com a nomeação; e a prova é que todo o fardamento me foi dado por amigos... Vai então uma das minhas tias, D. Marcolina, viúva do capitão Peçanha, que morava a muitas léguas da vila, num sítio escuso e solitário, desejou ver-me, e pediu que fosse ter com ela e levasse a farda. Fui, acompanhado de um pajem, que daí a dias tornou à vila, porque a tia Marcolina, apenas me pilhou no sítio, escreveu a minha mãe dizendo que não me soltava antes de um mês, pelo menos. E abraçava-me! Chamava-me também o seu alferes. Achava-me um rapagão bonito. Como era um tanto patusca, chegou a confessar que tinha inveja da moça que houvesse de ser minha mulher. Jurava que em toda a província não havia outro que me pusesse o pé adiante. E sempre alferes; era alferes para cá, alferes para lá, alferes a toda a hora. Eu pedia-lhe que me chamasse Joãozinho, como dantes; e ela abanava a cabeça, bradando que não, que era o "senhor alferes". Um cunhado dela, irmão do finado Peçanha, que ali morava, não me chamava de outra maneira. Era o "senhor alferes", não por gracejo, mas a sério, e à vista dos escravos, que naturalmente foram pelo mesmo caminho. Na mesa tinha eu o melhor lugar, e era o primeiro servido. Não imaginam. Se lhes disser que o entusiasmo da tia Marcolina chegou ao ponto de mandar pôr no meu quarto um grande espelho, obra rica e magnífica, que destoava do resto da casa, cuja mobília era modesta e simples... Era um espelho que lhe dera a madrinha, e que esta herdara da mãe, que o comprara a uma das fidalgas vindas em 1808 com a corte de D. João VI. Não sei o que havia nisso de verdade; era a tradição. O espelho estava naturalmente muito velho; mas via-se-lhe ainda o ouro, comido em parte pelo tempo, uns delfins esculpidos nos ângulos superiores da moldura, uns enfeites de madrepérola e outros caprichos do artista. Tudo velho, mas bom...

— Espelho grande?

— Grande. E foi, como digo, uma enorme fineza, porque o espelho estava na sala; era a melhor peça da casa. Mas não houve forças que a demovessem do propósito; respondia que não fazia falta, que era só por algumas semanas, e finalmente que o "senhor alferes" merecia muito mais. O certo é que todas essas cousas, carinhos, atenções, obséquios, fizeram em mim uma transformação, que o natural sentimento da mocidade ajudou e completou. Imaginam, creio eu?

— Não.

— O alferes eliminou o homem. Durante alguns dias as duas naturezas equilibraram-se; mas não tardou que a primitiva cedesse à outra; ficou-me uma parte mínima de humanidade. Aconteceu então que a alma exterior, que era dantes o sol, o ar, o campo, os olhos das moças, mudou de natureza, e passou a ser a cortesia e os rapapés da casa, tudo o que me falava do posto, nada do que me falava do homem. A única parte do cidadão que ficou comigo foi aquela que entendia com o exercício da patente; a outra dispersou-se no ar e no passado. Custa-lhes acreditar, não?

— Custa-me até entender, respondeu um dos ouvintes.

— Vai entender. Os fatos explicarão melhor os sentimentos; os fatos são tudo. A melhor definição do amor não vale um beijo de moça namorada; e, se bem me lembro, um filósofo antigo demonstrou o movimento andando. Vamos aos fatos. Vamos ver como, ao tempo em que a consciência do homem se obliterava, a do alferes tornava-se viva e intensa. As dores humanas, as alegrias humanas, se eram só isso, mal obtinham de mim uma compaixão apática ou um sorriso de favor. No fim de três semanas, era outro, totalmente outro. Era exclusivamente alferes. Ora, um dia recebeu a tia Marcolina uma notícia grave: uma de suas filhas, casada com um lavrador residente dali a cinco léguas, estava mal e à morte. Adeus, sobrinho! adeus, alferes! Era mãe extremosa, armou logo uma viagem, pediu ao cunhado que fosse com ela, e a mim que tomasse conta do sítio. Creio que, se não fosse a aflição, disporia o contrário; deixaria o cunhado, e iria comigo. Mas o certo é que fiquei só, com os poucos escravos da casa. Confesso-lhes que desde logo senti uma grande opressão, alguma cousa semelhante ao efeito de quatro paredes de um cárcere, subitamente levantadas em torno de mim. Era a alma exterior que se reduzia; estava agora limitada a alguns espíritos boçais. O alferes continuava a dominar em mim, embora a vida fosse menos intensa, e a consciência mais débil. Os escravos punham uma nota de humildade nas suas cortesias, que de certa maneira compensava a afeição dos parentes e a intimidade doméstica interrompida. Notei mesmo, naquela noite, que eles redobravam de respeito, de alegria, de protestos. Nhô alferes de minuto a minuto. Nhô alferes é muito bonito; nhô alferes há de ser coronel; nhô alferes há de casar com moça bonita, filha de general; um concerto de louvores e profecias, que me deixou extático. Ah! pérfidos! mal podia eu suspeitar a intenção secreta dos malvados.

— Matá-lo?

— Antes assim fosse.

— Cousa pior?

— Ouçam-me. Na manhã seguinte achei-me só. Os velhacos, seduzidos por outros, ou de movimento próprio, tinham resolvido fugir durante a noite; e assim fizeram. Achei-me só, sem mais ninguém, entre quatro paredes, diante do terreiro deserto e da roça abandonada. Nenhum fôlego humano. Corri a casa toda, a senzala, tudo, nada, ninguém, um molequinho que fosse. Galos e galinhas tão-somente, um par de mulas, que filosofavam a vida, sacudindo as moscas, e três bois. Os mesmos cães foram levados pelos escravos. Nenhum ente humano. Parece-lhes que isto era melhor do que ter morrido? era pior. Não por medo; juro-lhes que não tinha medo; era um pouco atrevidinho, tanto que não senti nada, durante as primeiras horas. Fiquei triste por causa do dano causado à tia Marcolina; fiquei também um pouco perplexo, não sabendo se devia ir ter com ela, para lhe dar a triste notícia, ou ficar tomando conta da casa. Adotei o segundo alvitre, para não desamparar a casa, e porque, se a minha prima enferma estava mal, eu ia somente aumentar a dor da mãe, sem remédio nenhum; finalmente, esperei que o irmão do tio Peçanha voltasse naquele dia ou no outro, visto que tinham saído havia já trinta e seis horas. Mas a manhã passou sem vestígio dele; e à tarde comecei a sentir uma sensação como de pessoa que houvesse perdido toda a ação nervosa, e não tivesse consciência da ação muscular. O irmão do tio Peçanha não voltou nesse dia, nem no outro, nem em toda aquela semana. Minha solidão tomou proporções enormes. Nunca os dias foram mais compridos, nunca o sol abrasou a terra com uma obstinação mais cansativa. As horas batiam de século a século, no velho relógio da sala, cuja pêndula, *tic-tac, tic-tac,* feria-me a alma interior, como um piparote contínuo da eternidade. Quando, muitos anos depois, li uma poesia americana, creio que de Longfellow, e topei com este famoso estribilho: *Never, for ever! — For ever, never!* [2] confesso-lhes que tive um calafrio: recordei-me daqueles dias medonhos. Era justamente assim que fazia o relógio da tia Marcolina: — *Never, for ever! — For ever, never!* Não eram golpes de pêndula, era um diálogo do abismo, um cochicho do nada. E então de noite! Não que a noite fosse mais silenciosa. O silêncio era o mesmo que de dia. Mas a noite era a sombra, era a solidão ainda mais estreita ou mais larga. *Tic-tac, tic-tac.* Ninguém nas salas, na varanda, nos corredores, no terreiro, ninguém em parte nenhuma... Riem-se?

— Sim, parece que tinha um pouco de medo.

— Oh! fora bom se eu pudesse ter medo! Viveria. Mas o característico daquela situação é que eu nem sequer podia ter medo, isto é, o medo vulgarmente entendido. Tinha uma sensação inexplicável. Era como um defunto andando, um sonâmbulo, um boneco mecânico. Dormindo, era outra cousa. O sono dava-me alívio, não pela razão comum de ser irmão da morte, mas por outra. Acho que posso explicar assim esse fenômeno: — o sono, eliminando a necessidade de uma alma exterior, deixava atuar a alma interior. Nos sonhos, fardava-me, orgulhosamente, no meio da família e dos amigos, que me elogiavam o garbo, que me chamavam alferes; vinha um amigo de nossa casa, e prometia-me o posto de tenente, outro o de capitão ou major; e tudo isso fazia-me viver. Mas quando acordava, dia claro, esvaía-se, com o sono, a consciência do

---

2 (Inglês): "Nunca, para sempre! — Para sempre, nunca!"

meu ser novo e único, — porque a alma interior perdia a ação exclusiva, e ficava dependente da outra, que teimava em não tornar... Não tornava. Eu saía fora, a um lado e outro, a ver se descobria algum sinal de regresso. *Soeur Anne, soeur Anne, ne vois-tu rien venir?*[3] Nada, cousa nenhuma; tal qual como na lenda francesa. Nada mais do que a poeira da estrada e o capinzal dos morros. Voltava para casa, nervoso, desesperado, estirava-me no canapé da sala. *Tic-tac, tic-tac.* Levantava-me, passeava, tamborilava nos vidros das janelas, assobiava. Em certa ocasião lembrei-me de escrever alguma cousa, um artigo político, um romance, uma ode; não escolhi nada definitivamente; sentei-me e tracei no papel algumas palavras e frases soltas, para intercalar no estilo. Mas o estilo, como a tia Marcolina, deixava-se estar. *Soeur Anne, soeur Anne...* Cousa nenhuma. Quando muito via negrejar a tinta e alvejar o papel.

— Mas não comia?

— Comia mal, frutas, farinha, conservas, algumas raízes tostadas ao fogo, mas suportaria tudo alegremente, se não fora a terrível situação moral em que me achava. Recitava versos, discursos, trechos latinos, liras de Gonzaga, oitavas de Camões, décimas, uma antologia em trinta volumes. Às vezes fazia ginástica; outras dava beliscões nas pernas; mas o efeito era só uma sensação física de dor ou de cansaço, e mais nada. Tudo silêncio, um silêncio vasto, enorme, infinito, apenas sublinhado pelo eterno *tic-tac* da pêndula. *Tic-tac, tic-tac...*

— Na verdade, era de enlouquecer.

— Vão ouvir cousa pior. Convém dizer-lhes que, desde que ficara só, não olhara uma só vez para o espelho. Não era abstenção deliberada, não tinha motivo; era um impulso inconsciente, um receio de achar-me um e dois, ao mesmo tempo, naquela casa solitária; e se tal explicação é verdadeira, nada prova melhor a contradição humana, porque no fim de oito dias, deu-me na veneta olhar para o espelho com o fim justamente de achar-me dois. Olhei e recuei. O próprio vidro parecia conjurado com o resto do universo; não me estampou

3 (Francês): "Irmã Ana, irmã Ana, não vês nada vir?"

a figura nítida e inteira, mas vaga, esfumada, difusa, sombra de sombra. A realidade das leis físicas não permite negar que o espelho reproduziu-me textualmente, com os mesmos contornos e feições; assim devia ter sido. Mas tal não foi a minha sensação. Então tive medo; atribuí o fenômeno à excitação nervosa em que andava; receiei ficar mais tempo, e enlouquecer. — Vou-me embora, disse comigo. E levantei o braço com gesto de mau humor, e ao mesmo tempo de decisão, olhando para o vidro; o gesto lá estava, mas disperso, esgaçado, mutilado... Entrei a vestir-me, murmurando comigo, tossindo sem tosse, sacudindo a roupa com estrépito, afligindo-me a frio com os botões, para dizer alguma cousa. De quando em quando, olhava furtivamente para o espelho; a imagem era a mesma difusão de linhas, a mesma decomposição de contornos... Continuei a vestir-me. Subitamente, por uma inspiração inexplicável, por um impulso sem cálculo, lembrou-me... Se forem capazes de adivinhar qual foi a minha idéia...

— Diga.

— Estava a olhar para o vidro, com uma persistência de desesperado, contemplando as próprias feições derramadas e inacabadas, uma nuvem de linhas soltas, informes, quando tive o pensamento... Não, não são capazes de adivinhar.

— Mas, diga, diga.

— Lembrou-me vestir a farda de alferes. Vesti-a, aprontei-me de todo; e, como estava defronte do espelho, levantei os olhos, e... não lhes digo nada: o vidro reproduziu então a figura integral; nenhuma linha de menos, nenhum contorno diverso; era eu mesmo, o alferes, que achava, enfim, a alma exterior. Essa alma ausente com a dona do sítio, dispersa e fugida com os escravos, ei-la recolhida no espelho. Imaginai um homem que, pouco a pouco, emerge de um letargo, abre os olhos sem ver, depois começa a ver, distingue as pessoas dos objetos, mas não conhece individualmente uns nem outros; enfim, sabe que este é Fulano, aquele é Sicrano; aqui está uma cadeira, ali um sofá. Tudo volta ao que era antes do sono. Assim foi comigo. Olhava para o espelho, ia de um lado para outro, recuava, gesticulava, sorria, e o vidro exprimia tudo. Não era mais um autômato, era um ente animado. Daí em diante, fui outro. Cada dia, a uma certa hora, vestia-me de alferes, e sentava-me diante do espelho, lendo, olhando, meditando; no fim de duas, três horas, despia-me outra vez. Com este regímen pude atravessar mais seis dias de solidão, sem os sentir...

Quando ou outros voltaram a si, o narrador tinha descido as escadas.

UMA VISITA DE ALCIBÍADES

CARTA DO DESEMBARGADOR X... AO CHEFE DE POLÍCIA DA CORTE

Corte, 20 de setembro de 1875.

Desculpe V. Exª o tremido da letra e o desgrenhado do estilo; entendê-los-á daqui a pouco.

Hoje, à tardinha, acabado o jantar, enquanto esperava a hora do Cassino, estirei-me no sofá e abri um tomo de Plutarco. V. Exª, que foi meu companheiro de estudos, há de lembrar-se que eu, desde rapaz, padeci esta devoção do grego; devoção ou mania, que era o nome que V. Exª lhe dava, e tão intensa que me ia fazendo reprovar em outras disciplinas. Abri o tomo, e sucedeu o que sempre se dá comigo quando leio alguma cousa antiga: transporto-me ao tempo e ao meio da ação ou da obra. Depois de jantar é excelente. Dentro de pouco acha-se a gente numa via romana, ao pé de um pórtico grego ou na loja de um gramático. Desaparecem os tempos modernos, a insurreição da Herzegovina, a guerra dos carlistas, a Rua do Ouvidor, o circo Chiarini. Quinze ou vinte minutos de vida antiga, e de graça. Uma verdadeira digestão literária.

Foi o que se deu hoje. A página aberta acertou de ser a vida de Alcibíades. Deixei-me ir ao sabor da loqüela ática; daí a nada entrava nos jogos olímpicos, admirava o mais guapo dos atenienses, guiando magnificamente o carro, com a mesma firmeza e donaire com que sabia reger as batalhas, os cidadãos e os próprios sentidos. Imagine V. Exª se vivi! Mas, o moleque entrou e acendeu o gás; não foi preciso mais para fazer voar toda a arqueologia da minha imaginação. Atenas volveu à história, enquanto os olhos me caíam das nuvens, isto é, nas calças de brim branco, no paletó de alpaca e nos sapatos de cordovão. E então refleti comigo:

— Que impressão daria ao ilustre ateniense o nosso vestuário moderno?

Sou espiritista desde alguns meses. Convencido de que todos os sistemas são puras niilidades, resolvi adotar o mais recreativo deles. Tempo virá em que este não seja só recreativo, mas também útil à solução dos problemas históricos; é mais sumário evocar o espírito dos mortos, do que gastar as forças críticas, e gastá-las em pura perda, porque não há raciocínio nem documento que nos explique melhor a intenção de um ato do que o próprio autor do ato. E tal era o meu caso desta noite. Conjecturar qual fosse a impressão de Alcibíades era despender o tempo, sem outra vantagem, além do gosto de admirar a minha própria habilidade. Determinei, portanto, evocar o ateniense; pedi-lhe que comparecesse em minha casa, logo, sem demora.

E aqui começa o extraordinário da aventura. Não se demorou Alcibíades em acudir ao chamado; dous minutos depois estava ali, na minha sala, perto da parede; mas não era a sombra impalpável que eu cuidara ter evocado pelos métodos da nossa escola; era o próprio Alcibíades, carne e osso, vero homem, grego autêntico, trajado à antiga, cheio daquela gentileza e desgarre com que usava arengar às grandes assembléias de Atenas, e também, um pouco, aos seus pataus. V. Exª, tão sabedor da história, não ignora que também houve pataus em Atenas; sim, Atenas também os possuiu, e esse precedente é uma desculpa. Juro a V. Exª que não acreditei; por mais fiel que fosse o testemunho dos sentidos, não podia acabar de crer que tivesse ali, em minha casa, não a sombra de Alcibíades, mas o próprio Alcibíades redivivo. Nutri ainda a esperança de que tudo aquilo não fosse mais do que o efeito de uma digestão mal rematada, um simples eflúvio do quilo, através da luneta de Plutarco; e então esfreguei os olhos, fitei-os, e...

— Que me queres? perguntou ele.

Ao ouvir isto, arrepiaram-se-me as carnes. O vulto falava e falava grego, o mais puro ático. Era ele, não havia duvidar que era ele mesmo, um morto de vinte séculos, restituído à vida, tão cabalmente como se viesse de cortar agora mesmo a famosa cauda do cão. Era claro que, sem o pensar, acabava eu de dar um grande passo na carreira do espiritismo; mas, ai de mim! não o entendi logo, e deixei-me ficar assombrado. Ele repetiu a pergunta, olhou em volta de si e sentou-se numa poltrona. Como eu estivesse frio e trêmulo (ainda o estou agora) ele que o percebeu, falou-me com muito carinho, e tratou de rir e gracejar para o fim de devolver-me o sossego e a confiança. Hábil como outrora! Que mais direi a V. Exª? No fim de poucos minutos conversávamos os dous, em grego antigo, ele repotreado e natural, eu pedindo a todos os santos do céu a presença de um criado, de uma visita, de uma patrulha, ou, se tanto fosse necessário, — de um incêndio.

Escusado é dizer a V. Exª que abri mão da idéia de o consultar acerca do vestuário moderno; pedira um espectro, não um homem "de verdade", como dizem as crianças. Limitei-me a responder ao que ele queria; pediu-me notícias de Atenas, dei-lhas; disse-lhe que ela era enfim a cabeça de uma só Grécia, narrei-lhe a dominação muçulmana, a independência, Botzaris, lord Byron. O grande homem tinha os olhos pendurados da minha boca; e, mostrando-me admirado de que os mortos lhe não houvessem contado nada, explicou-me que à porta do outro mundo afrouxavam muito os interesses deste. Não vira Botzaris nem lord Byron, — em primeiro lugar, porque é tanta e tantíssima a multidão de espíritos, que estes se fazem naturalmente desencontrados; em segundo lugar, porque eles lá congregam-se, não por nacionalidades ou outra ordem, senão por categorias de índole, costume e profissão: assim é que ele, Alcibíades, anda no grupo dos políticos elegantes e namorados, com o duque de Buckingham, o Garrett, o nosso Maciel Monteiro, etc. Em seguida pediu-me notícias atuais; relatei-lhe o que sabia, em resumo; falei-lhe do parlamento helênico e do método alternativo com que Bulgaris e Comondouros, estadistas seus patrícios, imitam Disraeli e Gladstone, revezando-se no poder, e, assim como estes, a golpes de discurso. Ele, que foi um magnífico orador, interrompeu-me:

— Bravo, atenienses!

Se entro nestas minúcias é para o fim de nada omitir do que possa dar a V. Exª o conhecimento exato do extraordinário caso que lhe vou narrando. Já disse que Alcibíades escutava-me com avidez; acrescentarei que era esperto e arguto; entendia as cousas sem largo dispêndio de palavras. Era também sarcástico; ao menos assim me pareceu em um ou dois pontos da nossa conversação; mas no geral dela, mostrava-se simples, atento, correto, sensível e digno. E gamenho, note V. Exª, tão gamenho como outrora; olhava de soslaio para o espelho, como fazem as nossas e outras damas deste século, mirava os borzeguins, compunha o manto, não saía de certas atitudes esculturais.

— Vá, continua, dizia-me ele, quando eu parava de lhe dar notícias.

Mas eu não podia mais. Entrado no inextricável, no maravilhoso, achava tudo possível, não atinava por que razão, assim, como ele vinha ter comigo ao tempo, não iria eu ter com ele à eternidade. Esta idéia gelou-me. Para um homem que acabou de digerir o jantar e aguarda a hora do Cassino, a morte é o último dos sarcasmos. Se pudesse fugir... Animei-me: disse-lhe que ia a um baile.

— Um baile? Que cousa é um baile?

Expliquei-lho.

— Ah! ver dançar a pírrica!

— Não, emendei eu, a pírrica já lá vai. Cada século, meu caro Alcibíades, muda de danças como muda de idéias. Nós já não dançamos as mesmas cousas do século passado; provavelmente o século XX não dançará as deste. A pírrica foi-se, com os homens de Plutarco e os numes de Hesíodo.

— Com os numes?

Repeti-lhe que sim, que o paganismo acabara, que as academias do século passado ainda lhe deram abrigo, mas sem convicção, nem alma, que as mesmas bebedeiras arcádicas,

> Evoé! padre Bassareu!
> Evoé! etc.

honesto passatempo de alguns desembargadores pacatos, essas mesmas estavam curadas, radicalmente curadas. De longe em longe, acrescentei, um ou outro poeta, um ou outro prosador alude aos restos da teogonia pagã, mas só o faz por gala ou brinco, ao passo que a ciência reduziu todo o Olimpo a uma simbólica. Morto, tudo morto.

— Morto Zeus?

— Morto.

— Dionisos, Afrodita?...

— Tudo morto.

O homem de Plutarco levantou-se, andou um pouco, contendo a indignação, como se dissesse consigo, imitando o outro: — Ah! se lá estou com os meus atenienses! — Zeus, Dionisos, Afrodita... murmurava de quando em quando. Lembrou-me então que ele fora uma vez acusado de desacato aos deuses e perguntei a mim mesmo donde vinha aquela indignação póstuma, e naturalmente postiça. Esquecia-me, — um devoto do grego! — esquecia-me que ele era também um refinado hipócrita, um ilustre dissimulado. E quase não tive tempo de fazer esse reparo, porque Alcibíades, detendo-se repentinamente, declarou-me que iria ao baile comigo.

— Ao baile? repeti atônito.

— Ao baile, vamos ao baile.

Fiquei aterrado, disse-lhe que não, que não era possível, que não o admitiriam, com aquele trajo; pareceria doudo; salvo se ele queria ir lá representar alguma comédia de Aristófanes, acrescentei rindo, para disfarçar o medo. O que eu queria era deixá-lo, entregar-lhe a casa, e uma vez na rua, não iria ao Cassino, iria ter com V. Exª. Mas o diabo do homem não se movia; escutava-me com os olhos no chão, pensativo, deliberante. Calei-me; cheguei a cuidar que o pesadelo ia acabar, que o vutlo ia desfazer-se, e que eu ficava ali com as minhas calças, os meus sapatos e o meu século.

— Quero ir ao baile, repetiu ele. Já agora não vou sem comparar as danças.

— Meu caro Alcibíades, não acho prudente um tal desejo. Eu teria certamente a maior honra, um grande desvanecimento em fazer entrar no Cassino, o mais gentil, o mais feiticeiro dos atenienses; mas os outros homens de hoje, os rapazes, as moças, os velhos... é impossível.

— Por quê?

— Já disse; imaginarão que és um doudo ou um comediante, porque essa roupa...

— Que tem? A roupa muda-se. Irei à maneira do século. Não tens alguma roupa que me emprestes?

Ia a dizer que não; mas ocorreu-me logo que o mais urgente era sair, e que uma vez na rua, sobravam-me recursos para escapar-lhe, e então disse-lhe que sim.

— Pois bem, tornou ele levantando-se, irei à maneira do século. Só peço que te vistas primeiro, para eu aprender e imitar-te depois.

Levantei-me também, e pedi-lhe que me acompanhasse. Não se moveu logo; estava assombrado. Vi que só então reparara nas minhas calças brancas; olhava para elas com os olhos arregalados, a boca aberta; enfim, perguntou por que motivo trazia aqueles canudos de pano. Respondi que por maior comodidade; acrescentei que o nosso século, mais recatado e útil do que artista, determinara trajar de um modo compatível com o seu decoro e gravidade. Demais nem todos seriam Alcibíades. Creio que o lisonjeei com isto; ele sorriu e deu de ombros.

— Enfim!

Seguimos para o meu quarto de vestir, e comecei a mudar de roupa, às pressas. Alcibíades sentou-se molemente num divã, não sem elogiá-lo, não sem elogiar o espelho, a palhinha, os quadros. — Eu vestia-me, como digo, às pressas, ansioso por sair à rua, por meter-me no primeiro tílburi que passasse...

— Canudos pretos! exclamou ele.

Eram as calças pretas que eu acabava de vestir. Exclamou e riu, um risinho em que o espanto vinha mesclado de escárnio, o que ofendeu grandemente o meu melindre de homem moderno. Porque, note V. Exª, ainda que o nosso tempo nos pareça digno de crítica, e até de execração, não gostamos de que um antigo venha mofar dele às nossas barbas. Não respondi ao ateniense; franzi um pouco o sobrolho e continuei a abotoar os suspensórios. Ele perguntou-me então por que motivo usava uma cor tão feia...

— Feia, mas séria, disse-lhe. Olha, entretanto, a graça do corte, vê como cai sobre o sapato, que é de verniz, embora preto, e trabalhado com muita perfeição.

E vendo que ele abanava a cabeça:

— Meu caro, disse-lhe, tu podes certamente exigir que o Júpiter Olímpico seja o emblema eterno da majestade: é o domínio da arte ideal, desinteressada, superior aos tempos que passam e aos homens que os acompanham. Mas a arte de vestir é outra cousa. Isto que parece absurdo ou desgracioso é perfeitamente racional e belo, — belo à nossa maneira, que não andamos a ouvir na rua os rapsodas [1] recitando os seus versos, nem os oradores os seus discursos, nem os filósofos as suas filosofias. Tu mesmo, se te acostumares a ver-nos, acabarás por gostar de nós, porque...

— Desgraçado! bradou ele atirando-se a mim.

Antes de entender a causa do grito e do gesto, fiquei sem pinga de sangue. A causa era uma ilusão. Como eu passasse a gravata à volta do pescoço e tratasse de dar o laço, Alcibíades supôs que ia enforcar-me, segundo confessou depois. E, na verdade, estava pálido, trêmulo, em suores frios. Agora quem se riu fui eu. Ri-me, e expliquei-lhe o uso da gravata e notei que era branca, não preta, posto usássemos também gravatas pretas. Só depois de tudo isso explicado é que ele consentiu em restituir-ma. Atei-a enfim, depois vesti o colete.

— Por Afrodita! exclamou ele. És a cousa mais singular que jamais vi na vida e na morte. Estás todo cor da noite

1 Assim na 1ª edição.

— uma noite com três estrelas apenas — continuou apontando para os botões do peito. O mundo deve andar imensamente melancólico, se escolheu para uso uma cor tão morta e tão triste. Nós éramos mais alegres; vivíamos...

Não pôde concluir a frase; eu acabava de enfiar a casaca, e a consternação do ateniense foi indescritível. Caíram-lhe os braços, ficou sufocado, não podia articular nada, tinha os olhos cravados em mim, grandes, abertos. Creia V. Exª que fiquei com medo, e tratei de apressar ainda mais a saída.

— Estás completo? perguntou-me ele.

— Não: falta o chapéu.

— Oh! venha alguma cousa que possa corrigir o resto! tornou Alcibíades com voz suplicante. Venha, venha. Assim pois, toda a elegância que vos legamos está reduzida a um par de canudos fechados e outro par de canudos abertos (e dizia isto levantando-me as abas da casaca), e tudo dessa cor enfadonha e negativa? Não, não posso crê-lo! Venha alguma cousa que corrija isso. O que é que falta, dizes tu?

— O chapéu.

— Põe o que te falta, meu caro, põe o que te falta.

Obedeci; fui dali ao cabide, despendurei o chapéu, e pu-lo na cabeça. Alcibíades olhou para mim, cambaleou e caiu. Corri ao ilustre ateniense, para levantá-lo, mas (com dor o digo) era tarde; estava morto, morto pela segunda vez. Rogo a V. Exª se digne de expedir suas respeitáveis ordens para que o cadáver seja transportado ao necrotério, e se proceda ao corpo de delito, relevando-me de não ir pessoalmente à casa de V. Exª agora mesmo (dez da noite) em atenção ao profundo abalo por que acabo de passar, o que aliás farei amanhã de manhã, antes das oito.

Cumpriu-se à risca esta verba testamentária.

VERBA TESTAMENTÁRIA

"...Item, é minha última vontade que o caixão em que o meu corpo houver de ser enterrado, seja fabricado em casa de Joaquim Soares, à Rua da Alfândega. Desejo que ele tenha conhecimento desta disposição, que também será pública. Joaquim Soares não me conhece; mas é digno da distinção, por ser dos nossos melhores artistas, e um dos homens mais honrados da nossa terra..."

Cumpriu-se à risca esta verba testamentária. Joaquim Soares fez o caixão em que foi metido o corpo do pobre Nicolau B. de C.; fabricou-o ele mesmo, *con amore;* e, no fim, por um movimento cordial, pediu licença para não receber nenhuma remuneração. Estava pago; o favor do defunto era em si mesmo um prêmio insigne. Só desejava uma cousa: a cópia autêntica da verba. Deram-lha; ele mandou-a encaixilhar e pendurar de um prego, na loja. Os outros fabricantes de caixões, passado o assombro, clamaram que o testamento era um despropósito. Felizmente, — e esta é uma das vantagens do estado social, — felizmente, todas as demais classes acharam que aquela mão, saindo do abismo para abençoar a obra de um operário modesto, praticara uma ação rara e magnânima. Era em 1855; a população estava mais conchegada; não se falou de outra cousa. O nome do Nicolau reboou por muitos dias na imprensa da corte, donde passou à das províncias. Mas a vida universal é tão variada, os sucessos acumulam-se em tanta multidão, e com tal presteza, e, finalmente, a memória dos homens é tão frágil, que um dia chegou em que a ação de Nicolau mergulhou de todo no olvido.

Não venho restaurá-la. Esquecer é uma necessidade. A vida é uma lousa, em que o destino, para escrever um novo caso, precisa apagar o caso escrito. Obra de lápis e esponja. Não, não venho restaurá-la. Há milhares de ações tão bonitas, ou ainda mais bonitas do que a do Nicolau, e comidas do esquecimento. Venho dizer que a verba testamentária não é um efeito sem causa; venho mostrar uma das maiores curiosidades mórbidas deste século.

Sim, leitor amado, vamos entrar em plena patologia. Esse menino que aí vês, nos fins do século passado (em 1855, quando morreu, tinha o Nicolau sessenta e oito anos), esse menino não é um produto são, não é um organismo perfeito. Ao contrário, desde os mais tenros anos, manifestou por atos reiterados que há nele algum vício interior, alguma falha orgânica. Não se pode explicar de outro modo a obstinação com que ele corre a destruir os brinquedos dos outros meninos, não digo os que são iguais aos dele, ou ainda inferiores, mas os que são melhores ou mais ricos. Menos ainda se compreende que, nos casos em que o brinquedo é único, ou somente raro, o jovem Nicolau console a vítima com dous ou três pontapés; nunca menos de um. Tudo isso é obscuro. Culpa do pai não pode ser. O pai era um honrado negociante ou comissário (a maior parte das pessoas a que aqui se dá o nome de comerciantes, dizia o marquês de Lavradio, nada são que uns simples comissários), que viveu com certo luzimento, no último quartel do século, homem ríspido, austero, que admoestava o filho, e, sendo necessário, castigava-o. Mas nem admoestações, nem castigos, valiam nada. O impulso interior do Nicolau era mais eficaz do que todos os bastões paternos; e, uma ou duas vezes por semana, o pequeno reincidia no mesmo delito. Os desgostos da família eram profundos. Deu-se mesmo um caso, que, por suas gravíssimas conseqüências, merece ser contado.

O vice-rei, que era então o conde de Resende, andava preocupado com a necessidade de construir um cais na Praia de D. Manuel. Isto, que seria hoje um simples episódio municipal, era naquele tempo, atentas as proporções escassas da cidade, uma empresa importante. Mas o vice-rei não tinha recursos; o cofre público mal podia acudir às urgências ordinárias. Homem de estado, e provavelmente filósofo, engendrou um expediente não menos suave que profícuo: distribuir, a troco de donativos pecuniários, postos de capitão, tenente e alferes. Divulgada a resolução, entendeu o pai do Nicolau que era ocasião de figurar, sem perigo, na galeria militar do século, ao mesmo tempo que desmentia uma doutrina bramânica. Com efeito, está nas leis de Manu, que dos braços de Brama nasceram os guerreiros, e do ventre os agricultores e comerciantes; o pai do Nicolau, adquirindo o despacho de capitão, corrigia esse ponto da anatomia gentílica. O outro comerciante, que com ele competia em tudo, embora familiares e amigos, apenas teve notícia do despacho, foi também levar a sua pedra ao cais. Desgraçadamente, o despeito de ter ficado atrás alguns dias, sugeriu-lhe um arbítrio de mau gosto e, no nosso caso, funesto; foi assim que ele pediu ao vice-rei outro posto de oficial do cais (tal era o nome dado aos agraciados por aquele motivo) para um filho de sete anos. O vice-rei hesitou; mas o pretendente, além de duplicar o donativo, meteu grandes empenhos, e o menino saiu nomeado alferes. Tudo correu em segredo; o pai de Nicolau só teve notícia do caso no domingo próximo, na igreja do Carmo, ao ver os dous, pai e filho, vindo o menino com uma fardinha, que, por galanteria, lhe meteram no corpo. Nicolau, que também ali estava, fez-se lívido; depois, num ímpeto, atirou-se sobre o jovem alferes e rasgou-lhe a farda, antes que os pais pudessem acudir. Um escândalo. O rebuliço do povo, a indignação dos devotos, as queixas do agredido, interromperam por alguns instantes as cerimônias eclesiásticas. Os pais trocaram algumas palavras acerbas, fora, no adro, e ficaram brigados para todo o sempre.

— Este rapaz há de ser a nossa desgraça! bradava o pai de Nicolau, em casa, depois do episódio.

Nicolau apanhou então muita pancada, curtiu muita dor, chorou, soluçou; mas de emenda cousa nenhuma. Os brinquedos dos outros meninos não ficaram menos expostos. O mesmo passou a acontecer às roupas. Os meninos mais ricos do bairro não saíam fora senão com as mais modestas vestimentas caseiras, único modo de escapar às unhas de Nicolau. Com o andar do tempo, estendeu ele a aversão às próprias caras, quando eram bonitas, ou tidas como tais. A rua em que ele residia, contava um sem-número de caras quebradas. arranhadas, conspurcadas. As cousas chegaram a tal ponto, que o pai resolveu trancá-lo em casa durante uns três ou quatro meses. Foi um paliativo, e, como tal, excelente. Enquanto durou a reclusão, Nicolau mostrou-se nada menos que angélico; fora daquele sestro mórbido, era meigo, dócil, obediente, amigo da família, pontual nas rezas. No fim dos quatro meses, o pai soltou-o; era tempo de o meter com um professor de leitura e gramática.

— Deixe-o comigo, disse o professor; deixe-o comigo, e com esta (apontava para a palmatória)... Com esta, é duvidoso que ele tenha vontade de maltratar os companheiros.

Frívolo! três vezes frívolo professor! Sim, não há dúvida, que ele conseguiu poupar os meninos bonitos e as roupas vistosas, castigando as primeiras investidas do pobre Nicolau; mas em que é que este sarou da moléstia? Ao contrário, obrigado a conter-se, a engolir o impulso, padecia dobrado, fazia-se mais lívido, com reflexo de verde bronze; em certos casos, era compelido a voltar os olhos ou fechá-los, para não arrebentar, dizia ele. Por outro lado, se deixou de perseguir os mais graciosos ou melhor adornados, não perdoou aos que se mostravam mais adiantados no estudo; espancava-os, tirava-lhes os livros, e lançava-os fora, nas praias ou no mangue. Rixas, sangue, ódios, tais eram os frutos da vida, para ele, além das dores cruéis que padecia, e que a família teimava em não entender. Se acrescentarmos que ele não pôde estudar nada seguidamente, mas a trancos, e mal, como os vagabundos comem, nada fixo, nada metódico, teremos visto algumas das dolorosas conseqüências do fato mórbido, oculto e desconhecido. O pai, que sonhava para o filho a Universidade, vendo-se obrigado a estrangular mais essa ilusão, esteve prestes a amaldiçoá-lo; foi a mãe que o salvou.

Saiu um século, entrou outro, sem desaparecer a lesão do Nicolau. Morreu-lhe o pai em 1807 e a mãe em 1809; a irmã casou com um médico holandês, treze meses depois.

Nicolau passou a viver só. Tinha vinte e três anos; era um dos petimetres da cidade, mas um singular petimetre, que não podia encarar nenhum outro, ou fosse mais gentil de feições, ou portador de algum colete especial sem padecer uma dor violenta, tão violenta, que o obrigava às vezes a trincar o beiço até deitar sangue. Tinha ocasiões de cambalear; outras de escorrer-lhe pelo canto da boca um fio quase imperceptível de espuma. E o resto não era menos cruel. Nicolau ficava então ríspido; em casa achava tudo mau, tudo incômodo, tudo nauseabundo; feria a cabeça aos escravos com os pratos, que iam partir-se também, e perseguia os cães, a pontapés; não sossegava dez minutos, não comia, ou comia mal. Enfim dormia; e ainda bem que dormia. O sono reparava tudo. Acordava lhano e meigo, alma de patriarca, beijando os cães entre as orelhas, deixando-se lamber por eles, dando-lhes do melhor que tinha, chamando aos escravos as cousas mais familiares e ternas. E tudo, cães e escravos, esqueciam as pancadas da véspera, e acudiam às vozes dele obedientes, namorados, como se este fosse o verdadeiro senhor, e não o outro.

Um dia, estando ele em casa da irmã, perguntou-lhe esta por que motivo não adotava uma carreira qualquer, alguma cousa em que se ocupasse, e...

— Tens razão, vou ver, disse ele.

Interveio o cunhado e opinou por um emprego na diplomacia. O cunhado principiava a desconfiar de alguma doença e supunha que a mudança de clima bastava a restabelecê-lo. Nicolau arranjou uma carta de apresentação, e foi ter com o ministro de estrangeiros. Achou-o rodeado de alguns oficiais da secretaria, prestes a ir ao paço, levar a notícia da segunda queda de Napoleão, notícia que chegara alguns minutos antes. A figura do ministro, as circunstâncias do momento, as reverências dos oficiais, tudo isso deu um tal rebate ao coração do Nicolau, que ele não pôde encarar o ministro. Teimou, seis ou oito vezes, em levantar os olhos, e da única em que o conseguiu fizeram-se-lhe tão vesgos, que não via ninguém, ou só uma sombra, um vulto, que lhe doía nas pupilas ao mesmo tempo que a face ia ficando verde. Nicolau recuou, estendeu a mão trêmula ao reposteiro, e fugiu.

— Não quero ser nada! disse ele à irmã, chegando a casa; fico com vocês e os meus amigos.

Os amigos eram os rapazes mais antipáticos da cidade, vulgares e ínfimos. Nicolau escolhera-os de propósito. Viver segregado dos principais era para ele um grande sacrifício; mas, como teria de padecer muito mais vivendo com eles, tragava a situação. Isto prova que ele tinha um certo conhecimento empírico do mal e do paliativo. A verdade é que, com esses companheiros, desapareciam todas as perturbações fisiológicas do Nicolau. Ele fitava-os sem lividez, sem olhos vesgos, sem cambalear, sem nada. Além disso, não só eles lhe poupavam a natural irritabilidade, como porfiavam em tornar-lhe a vida, senão deliciosa, tranqüila; e para isso, diziam-lhe as maiores finezas do mundo, em atitudes cativas, ou com uma certa familiaridade inferior. Nicolau amava em geral as naturezas subalternas, como os doentes amam a droga que lhes restitui a saúde; acariciava-as paternalmente, dava-lhes o louvor abundante e cordial, emprestava-lhes dinheiro, distribuía-lhes mimos, abria-lhes a alma...

Veio o grito do Ipiranga; Nicolau meteu-se na política. Em 1823 vamos achá-lo na Constituinte. Não há que dizer ao modo por que ele cumpriu os deveres do cargo. Íntegro, desinteressado, patriota, não exercia de graça essas virtudes públicas, mas à custa de muita tempestade moral. Pode-se dizer, metaforicamente, que a freqüência da câmara custava-lhe sangue precioso. Não era só porque os debates lhe pareciam insuportáveis, mas também porque lhe era difícil encarar certos homens, especialmente em certos dias. Montezuma, por exemplo, parecia-lhe balofo, Vergueiro, maçudo, os Andradas, execráveis. Cada discurso, não só dos principais oradores, mas dos secundários, era para o Nicolau verdadeiro suplício. E, não obstante, firme, pontual. Nunca a votação o achou ausente; nunca o nome dele soou sem eco pela augusta sala. Qualquer que fosse o seu desespero, sabia conter-se e pôr a idéia da pátria acima do alívio próprio. Talvez aplaudisse *in petto* o decreto da dissolução. Não afirmo; mas há bons fundamentos para crer que o Nicolau, apesar das mostras exteriores, gostou de ver dissolvida a assembléia. E se essa conjectura é verdadeira, não menos o será esta outra: — que a deportação de alguns dos chefes constituintes, declarados inimigos públicos, veio aguar-lhe aquele prazer. Nicolau, que padecera com os discursos deles, não menos padeceu com o exílio, posto lhes desse um certo relevo. Se ele também fosse exilado!

— Você podia casar, mano, disse-lhe a irmã.

— Não tenho noiva.

— Arranjo-lhe uma. Valeu?

Era um plano do marido. Na opinião deste, a moléstia do Nicolau estava descoberta; era um verme do baço, que se nutria da dor do paciente, isto é, de uma secreção especial, produzida pela vista de alguns fatos, situações ou pessoas. A questão era matar o verme; mas, não conhecendo nenhuma substância química própria a destruí-lo, restava o recurso de obstar à secreção, cuja ausência daria igual resultado. Portanto, urgia casar o Nicolau, com alguma moça bonita e prendada, separá-lo do povoado, metê-lo em alguma fazenda, para onde levaria a melhor baixela, os melhores trastes, os mais reles amigos, etc.

— Todas as manhãs, continuou ele, receberá o Nicolau um jornal que vou mandar imprimir com o único fim de lhe dizer as cousas mais agradáveis do mundo, e dizê-las nominalmente, recordando os seus modestos, mas profícuos trabalhos da Constituinte, e atribuindo-lhe muitas aventuras namoradas, agudezas de espírito, rasgos de coragem. Já falei ao almirante holandês para consentir que, de quando em quando, vá ter com Nicolau algum dos nossos oficiais dizer-lhe que não podia voltar para a Haia sem a honra de contemplar um cidadão tão eminente e simpático, em quem se reúnem qualidades raras, e, de ordinário, dispersas. Você, se puder alcançar de alguma modista, a Gudin, por exemplo, que ponha o nome de Nicolau em um chapéu ou mantelete, ajudará muito a cura de seu mano. Cartas amorosas anônimas, enviadas pelo correio, são um recurso eficaz... Mas comecemos pelo princípio, que é casá-lo.

Nunca um plano foi mais conscienciosamente executado. A noiva escolhida era a mais esbelta, ou uma das mais esbel-

Nicolau amava em geral as almas subalternas...

tas da capital. Casou-os o próprio bispo. Recolhido à fazenda, foram com ele somente alguns de seus mais triviais amigos; fez-se o jornal, mandaram-se as cartas, peitaram-se as visitas. Durante três meses tudo caminhou às mil maravilhas. Mas a natureza, apostada em lograr o homem, mostrou ainda desta vez que ela possui segredos inopináveis. Um dos meios de agradar ao Nicolau era elogiar a beleza, a elegância e as virtudes da mulher; mas a moléstia caminhara, e o que parecia remédio excelente foi simples agravação do mal. Nicolau, ao fim de certo tempo, achava ociosos e excessivos tantos elogios à mulher, e bastava isto a impacientá-lo, e a impaciência a produzir-lhe a fatal secreção. Parece mesmo que chegou ao ponto de não poder encará-la muito tempo, e a encará-la mal; vieram algumas rixas, que seriam o princípio de uma separação, se ela não morresse daí a pouco. A dor do Nicolau foi profunda e verdadeira; mas a cura interrompeu-se logo, porque ele desceu ao Rio de Janeiro, onde o vamos achar, tempos depois, entre os revolucionários de 1831.

Conquanto pareça temerário dizer as causas que levaram o Nicolau para o Campo da Aclamação,[1] na noite de 6 para 7 de abril, penso que não estará longe da verdade quem supuser que — foi o raciocínio de um ateniense célebre e anônimo. Tanto os que diziam bem, como os que diziam mal do imperador, tinham enchido as medidas ao Nicolau. Esse homem, que inspirava entusiasmos e ódios, cujo nome era repetido onde quer que o Nicolau estivesse, na rua, no teatro, nas casas alheias, tornou-se uma verdadeira perseguição mórbida, daí o fervor com que ele meteu a mão no movimento de 1831. A abdicação foi um alívio. Verdade é que a Regência o achou dentro de pouco tempo entre os seus adversários; e há quem afirme que ele se filiou ao partido caramuru ou restaurador, posto não ficasse prova do ato. O que é certo é que a vida pública do Nicolau cessou com a Maioridade.

A doença apoderara-se definitivamente do organismo. Nicolau ia, a pouco e pouco, recuando na solidão. Não podia fazer certas visitas, freqüentar certas casas. O teatro mal che-

[1] Atual Praça da República.

gava a distraí-lo. Era tão melindroso o estado dos seus órgãos auditivos, que o ruído dos aplausos causava-lhe dores atrozes. O entusiasmo da população fluminense para com a famosa Candiani e a Meréia, mas a Candiani principalmente, cujo carro puxaram alguns braços humanos, obséquio tanto mais insigne quanto que o não fariam ao próprio Platão, esse entusiasmo foi uma das maiores mortificações do Nicolau. Ele chegou ao ponto de não ir mais ao teatro, de achar a Candiani insuportável, e preferir a *Norma* dos realejos à da prima-dona. Não era por exageração de patriota que ele gostava de ouvir o João Caetano, nos primeiros tempos; mas afinal deixou-o também, e quase que inteiramente os teatros.

— Está perdido! pensou o cunhado. Se pudéssemos dar-lhe um baço novo...

Como pensar em semelhante absurdo? Estava naturalmente perdido. Já não bastavam os recreios domésticos. As tarefas literárias a que se deu, versos de família, glosas a prêmio e odes políticas, não duraram muito tempo, e pode ser até que lhe dobrassem o mal. De fato, um dia, pareceu-lhe que essa ocupação era a cousa mais ridícula do mundo, e os aplausos ao Gonçalves Dias, por exemplo, deram-lhe idéia de um povo trivial e de mau gosto. Esse sentimento literário, fruto de uma lesão orgânica, reagiu sobre a mesma lesão, ao ponto de produzir graves crises, que o tiveram algum tempo na cama. O cunhado aproveitou o momento para desterrar-lhe da casa todos os livros de certo porte.

Explica-se menos o desalinho com que daí a meses começou a vestir-se. Educado com hábitos de elegância, era antigo freguês de um dos principais alfaiates da corte, o Plum, não passando um só dia em que não fosse pentear-se ao Desmarais e Gérard, *coiffeurs de la cour,* à Rua do Ouvidor. Parece que achou enfatuada esta denominação de cabeleireiros do paço, e castigou-os indo pentear-se a um barbeiro ínfimo. Quanto ao motivo que o levou a trocar de traje, repito que é inteiramente obscuro, e a não haver sugestão da idade, é inexplicável. A despedida do cozinheiro é outro enigma. Nicolau, por insinuação do cunhado, que o queria distrair, dava dois jantares por semana; e os convivas eram unânimes em achar que o cozinheiro dele primava sobre todos os da capital. Realmente os pratos eram bons, alguns ótimos, mas o elogio era um tanto enfático, excessivo, para o fim justamente de ser agradável ao Nicolau, e assim aconteceu algum tempo. Como entender, porém, que um domingo, acabado o jantar, que fora magnífico, despedisse ele um varão tão insigne, causa indireta de alguns dos seus mais deleitosos momentos na terra? Mistério impenetrável.

— Era um ladrão! foi a resposta que ele deu ao cunhado.

Nem os esforços deste nem os da irmã e dos amigos, nem os bens, nada melhorou o nosso triste Nicolau. A secreção do baço tornou-se perene, e o verme reproduziu-se aos milhões, teoria que não sei se é verdadeira, mas enfim era a do cunhado. Os últimos anos foram crudelíssimos. Quase se pode jurar que ele viveu então continuamente verde, irritado, olhos vesgos, padecendo consigo ainda muito mais do que fazia padecer aos outros. A menor ou maior cousa triturava-lhe os nervos: um bom discurso, um artista hábil, uma sege, uma gravata, um soneto, um dito, um sonho interessante, tudo dava de si uma crise.

Quis ele deixar-se morrer? Assim se poderia supor, ao ver a impassibilidade com que rejeitou os remédios dos principais médicos da corte; foi necessário recorrer à simulação, e dá-los, enfim, como receitados por um ignorantão do tempo. Mas era tarde. A morte levou-o ao cabo de duas semanas.

— Joaquim Soares? bradou atônito o cunhado, ao saber da verba testamentária do defunto, ordenando que o caixão fosse fabricado por aquele industrial. Mas os caixões desse sujeito não prestam para nada, e...

— Paciência! interrompeu a mulher; a vontade do mano há de cumprir-se.

NOTAS [DE MACHADO DE ASSIS]

NOTA A

"Deste modo, venha donde vier o reproche" .... ADVERTÊNCIA
"Não ousava fazer-lhe nenhuma queixa ou reproche" ...... pág. 15

Cerca de dous anos para cá, recebi duas cartas anônimas, escritas por pessoa inteligente e simpática, em que me foi notado o uso do vocábulo *reproche*. Não sabendo como responda ao meu estimável correspondente, aproveito esta ocasião.

Reproche não é galicismo. Nem *reproche* nem *reprochar*. Morais cita, para o verbo, este trecho dos *Inéd.*, II, fl. 259: "hum non tinha que *reprochar* ao outro"; e aponta os lugares de Fernando de Lucena, Nunes de Leão e D. Francisco Manuel de Melo, em que se encontra o substantivo *reproche*. Os espanhóis também os possuem.

Resta a questão de eufonia. *Reproche* não parece malsoante. Tem contra si o desuso. Em todo caso, o vocábulo que lhe está mais próximo no sentido, *exprobração*, acho que é insuportável. Daí a minha insistência em preferir o outro, devendo notar-se que não o vou buscar para dar ao estilo um verniz de estranheza, mas quando a idéia o traz consigo.

NOTA B

A CHINELA TURCA .... pág. 85

Este conto foi publicado, pela primeira vez, na *Época*, n.º 1, de 14 de novembro de 1875. Trazia o pseudônimo de *Manassés*, com que assinei outros artigos daquela folha efêmera. O redator principal era um espírito eminente, que a política veio tomar às letras: Joaquim Nabuco. Posso dizê-lo sem indiscrição. Éramos poucos e amigos. O programa era não ter programa, como declarou o artigo inicial, ficando a cada redator plena liberdade de opinião, pela qual respondia exclusivamente. O tom (feita a natural reserva da parte de um colaborador) era elegante, literário, ático. A folha durou quatro números.

NOTA C

O SEGREDO DO BONZO .... pág. 127

Como se terá visto, não há aqui um simples *pastiche,* nem esta imitação foi feita com o fim de provar forças, trabalho que, se fosse só isso, teria bem pouco valor. Era-me preciso, para dar a possível realidade à invenção, colocá-la a distância grande, no espaço e no tempo; e para tornar a narração sincera, nada me pareceu melhor do que atribuí-la ao viajante escritor que tantas maravilhas disse. Para os curiosos acrescentarei que as palavras: *Atrás deixei narrado o que se passou nesta cidade Fuchéu,* — foram escritas com o fim de supor o capítulo intercalado nas *Peregrinações,* entre os caps. CCXIII e CCXIV.

O bonzo do meu escrito chama-se Pomada, e pomadistas os seus sectários. *Pomada* e *pomadista* são locuções familiares da nossa terra: é o nome local do charlatão e do charlatanismo.

NOTA D

"Era um saco de espantos" .... pág. 138

Em algumas linhas escritas para dar o último adeus a Artur de Oliveira, meu triste amigo, disse que era ele o original deste personagem. Menos a vaidade, que não tinha, e salvo alguns rasgos mais acentuados, este Xavier era o Artur. Para completá-lo darei aqui mesmo aquelas linhas impressas na *Estação* de 31 de agosto último:

"Quem não tratou de perto este rapaz, morto a 21 do mês corrente, mal poderá entender a admiração e saudade que ele deixou.

"Conheci-o desde que chegou do Rio Grande do Sul, com dezessete ou dezoito anos de idade; e podem crer que era então o que foi aos trinta. Aos trinta lera muito, vivera muito; mas toda aquela pujança de espírito, todo esse raro temperamento literário que lhe admirávamos, veio com a flor da adolescência; desabrochara com os primeiros dias. Era a mesma torrente de idéias, a mesma fulguração de imagens. Há algumas semanas, em escrito que viu a luz na *Gazeta de Notícias,* defini a alma de um personagem com esta espécie de hebraísmo: — chamei-lhe um saco de espantos. Esse personagem (posso agora dizê-lo) era, em algumas partes, o nosso mesmo Artur, com a sua poderosa loqüela e extraordinária fantasia. Um saco de espantos. Mas, se o da minha invenção morreu exausto de espírito, não aconteceu o mesmo a Artur de Oliveira, que pôde alguma vez ficar prostrado, mas não exauriu nunca a força genial que possuía.

"Um organismo daqueles era naturalmente irrequieto. Minas o viu, pouco depois, no colégio dos padres do Caraça, começando os estudos, que interrompeu logo, para continuá-los na Europa. Na Europa travou relações literárias de muito peso; Teófilo Gauthier, entre outros, queria-lhe muito, apreciava-lhe a alta compreensão artística, a natureza impetuosa e luminosa, os deslumbramentos súbitos de raio. *Venez, père de la foudre!* dizia-lhe ele, mal o Artur assomava à porta. E o Artur, assim definido familiarmente pelo grande artista, entrava no templo, palpitante da divindade, admirativo como tinha de ser até à morte. Sim, até à morte. Gauthier foi uma das religiões que o consolaram. Sete dias antes de o perdermos, isto é, a 14 deste mês, prostrado na cama, roído pelo dente cruel da tísica, escrevia-me ele a propósito de um prato do jantar. 'O verde das couves espanejava-se em uma onda de pirão, cor de ouro. A palheta de Ruysdael, pelo incendido do ouro, não hesitaria um só instante, em assinar esse pirão *mirabolante*, como diria o grande e divino Teo...' Grande e divino! Vede bem que esta admiração é de um moribundo, refere-se a um morto, e fala na intimidade da correspondência particular. Onde outra mais sincera?

"Não escrevo uma biografia. A vida dele não é das que se escrevem; é das que são vividas, sentidas, amadas, sem jamais poderem converter-se à narração; tal qual os romances psicológicos, em que a urdidura dos fatos é breve ou nenhuma. Ultimamente, exercia o professorado no Colégio de Pedro II; mas a doença tomou-o entre as suas tenazes, para não o deixar mais.

"Não o deixou mais: comeu-lhe a seiva toda; desfibrou-o com a paciência dos grandes operários. Ele, como vimos, prestes a tropeçar na cova, regalava-se ainda das reminiscências literárias, evocava a palheta de Ruysdael, olhando para a vida que lhe ia sobreviver, a vida da arte que ele amou com fé religiosa, sem proveito para si, sem cálculo, sem ódios, sem invejas, sem desfalecimento. A doença fê-lo padecer muito; teve instantes de dor cruel, não raro de desespero e de lágrimas; mas, em podendo, reagia. Encararia alguma vez o enigma da morte? Poucas horas antes de morrer (perdoem-me esta recordação pessoal; é necessária), poucas horas antes de morrer, lia um livro meu, o das *Memórias Póstumas de Brás Cubas*, e dizia-me que interpretava agora melhor algumas de suas passagens. Talvez as que entendiam com a ocasião... E dizia-me aquilo serenamente, com uma força de ânimo rara, uma resignação de granito. Foi ao sair de uma dessas visitas, que escrevi estes versos, recordando os arrojos dele comparados com o atual estado. Não lhos mostrei; e dou-os aqui para os seus amigos:

"Sabes tu de um poeta enorme,
Que andar não usa
No chão, e cuja estranha musa,
Que nunca dorme,

Calça o pé melindroso e leve,
Como uma pluma,
De folha e flor, de sol e neve,
Cristal e espuma;

E mergulha, como Leandro,
A forma rara
No Pó, no Sena, em Guanabara,
E no 'Scamandro;

Ouve a Tupã e escuta a Momo,
Sem controvérsia,
E tanto adora o estudo, como
Adora a inércia;

Ora do fuste, ora da ogiva
Sair parece;
Ora o Deus do ocidente esquece
Pelo deus Siva;

Gosta do estrépito infinito,
Gosta das longas
Solidões em que se ouve o grito
Das arapongas;

E se ama o rápido besouro,
Que zumbe, zumbe,
E a mariposa que sucumbe
Na flama de ouro,

Vaga-lumes e borboletas
Da cor da chama,
Roxas, brancas, rajadas, pretas,
Não menos ama

Os hipopótamos tranqüilos,
E os elefantes,
E mais os búfalos nadantes,
E os crocodilos,

Como as girafas e as panteras,
Onças, condores,
Toda a casta de bestas-feras
E voadores.

Se não sabes quem ele seja,
Trepa de um salto,
Azul acima, onde mais alto
A águia negreja;

Onde morre o clamor iníquo
Dos violentos;
Onde não chega o riso oblíquo
Dos fraudulentos.

Então olha, de cima posto,
Para o oceano;
Verás num longo rosto humano
Teu mesmo rosto;

E hás de rir, não do riso antigo,
Potente e largo,
Riso de eterno moço amigo;
Mas de outro amargo,

Como o riso de um deus enfermo,
Que se aborrece
Da divindade, e que apetece
Também um termo..."

"Os amigos dele apreciarão o sentido desses versos. O público, em geral, nada tem com um homem que passou pela terra sem o convidar para cousa nenhuma, um forte engenho que apenas soube amar a arte, como tantos cristãos obscuros amaram a Igreja, e amar também aos seus amigos, porque era meigo, generoso e bom."

Nota E

A SERENÍSSIMA REPÚBLICA .... pág. 155

Este escrito, publicado primeiro na *Gazeta de Notícias,* como outros do livro, é o único em que há um sentido restrito: — as nossas alternativas eleitorais. Creio que terão entendido isso mesmo, através da forma alegórica.

Nota F

UMA VISITA DE ALCIBÍADES .... pág. 173

Este escrito teve um primeiro texto, que reformei totalmente mais tarde, não aproveitando mais do que a idéia. O primeiro foi dado com um pseudônimo e passou despercebido.

A presente edição de PAPÉIS AVULSOS de Machado de Assis é o Volume de número 12 da "Coleção dos Autores Célebres da Literatura Brasileira". Capa Cláudio Martins. Impresso na Sografe Editora e Gráfica Ltda., à rua Alcobaça, 745 - Belo Horizonte, para a Editora Garnier, à Rua São Geraldo, 67 - Belo Horizonte - MG. No catálogo geral leva o número 03012/8B. ISBN: 85-7175-010-6.